凌＊物語

文 Middle

後來，
我們都學會假裝不再在乎

suncolor
三采文化

無論想過多少深夜凌晨，
你還是想到了失眠……

這是一本屬於深夜的書。

當然，也不一定等到深夜才可以閱讀。

只是如果有一天，
你感到累了，莫名失落的情緒，
總是一直在翻騰纏繞；
你拖著疲乏的身軀，回到家裡，
想要盡快好好安睡，
但閉起雙眼，卻想到更多的沉重與疲累，
然後又想起，某個不應該再想起的誰……

到時候，只希望這一本書，
會有一篇文章、或一句說話，
能夠讓你的心情舒坦一點，
可以陪你度過之後無眠的深夜與凌晨。

即使未必可以為你的煩惱，
尋找得到哪些答案，
但希望至少你會記起，
你不是只有一個人。

閉起雙眼，還有更多值得去掛念的人。

Middle

CONTENTS 目錄

後來，甚麼都沒有忘記，

就只是假裝看淡了一些事情，

假裝已經可以，放下了誰。

第 1 夜

你說，就不要再想了。

你對我說，就不要再想了。

那些不如意的事，
那些明知道無法解決、
但這天仍然困擾著我的事。
就不要再想了，
那些不應該再想、
也不可能再重頭再來的事。
即使每夜夢迴，它還是會突然襲來，
讓人無從逃避，也無法去求助；
即使每天醒來，努力叫自己不要再想，
然後偶爾，似乎真的沒有再去想了，
然後偶爾，還是會被重新提醒，
有些事情還是會在乎，
有些人、有些問號，
還是無法就這樣割捨放棄……

然後，又會提醒自己，
為甚麼又要想了，就不要再想了；

就算有多難忘、不捨得，
也是不應該去想、不值得去想。
然後，又會反問自己，
真的不應該去想嗎，
那些自己曾經如此認真投入的感情，
真的不值得再去記著嗎，
那些依然耀眼的笑臉、還有心跳⋯⋯

然後，
這樣重複反問、又自我推翻，
不要再想，又不敢忘記，
從那一天，到這一季，
在想與不想之間，在冷暖自知之後，
都快要不清楚，
其實自己還在執迷甚麼，又要逃避甚麼。
想了，就是不忿執棄，
不想，就是逃避面對。
這樣也不對，那樣也不對。

別人都說，你應該可以笑得更快樂，
但臉上的笑顏，卻越來越像是一個面具，
來掩飾那些，
曾經可以很坦白地向人傾訴的文字與心事，
來淡忘那些，
如今還很想知道、又不敢真正面對的答案。

但旁人都說，不要再想了，
想多了，會是一種強說愁，
又或者是一種矯揉造作，
別人未必會同情關心，
有時反而會換到更多輕視與訕笑。
於是，只好裝作沒有去想，
裝作沒有半點事情能夠令自己縈懷。
就讓自己學習去習慣，這一種逃避的節奏，
逃得遠一點，就似乎可以笑多一點點，
似乎可以更自在地去雪月風花，
似乎更合乎別人對你的預期。
只是內心的空洞，
也漸漸變得越來越大而已⋯⋯

偶爾會在夢裡反噬，
那一直努力去建立營造的快樂笑臉；
偶爾又會因為看見別人笑得開懷，
禁不住在內心反問自己，
是有多久沒有試過，開懷自在地笑，
是從甚麼時候開始，走錯了路⋯⋯

只是你還是告訴我，就不要再想了。
再想，過去了的人與事還是不能改變，
再想，就只會變得更不快樂⋯⋯

是的，其實是不應該再想，

如果我聽你的話，

如果你會因為我聽話、而快樂一點，

那麼，我們是不應該再想更多，

不應該再在那無眠夜裡，

繼續自尋煩惱下去。

是的，至少，

自己並不是孤單的，

是不應該再這樣想下去的⋯⋯

但也許，有時會想得太多，

是為了希望有那麼一天，

可以不會再為那些人與事，而繼續執迷。

有時不想再記起，

也許其實只是自己還未想，

將那曾經有過的難過或快樂，從此變成為過去。

因為那些人與事，

自己是曾經那麼認真地對待，

是依然會佔據內心的那一大片位置，

不碰它，它就不會反應，

但完全忽略無視它，

也不等於它會自己消失離開。

越是不想記起，越是不能忘記，

越是不敢去想，越是會讓自己無處可逃；

想得更深，有時反而可以釋懷一點……
在忘記之前，總會有所記掛，
當記掛到盡頭，有些畫面就會開始變淡，
然後就真正變成回憶吧。

我是這樣想的，
在那些你叫我不要再想、
但還是會想得太多的每個凌晨，
我都會想，如果有天真的可以，
不會再為那誰的出現而失控，
不會再為那些沒有人再在乎的事情而失落，
到時候，我一定會好好答謝你，
那一個一直叫我不要再想太多、心疼我的你，
還有一直陪我想過了這幾許秋冬、
始終守在我身旁的你。

在這之前，請讓我再多想一會，
我知道，自己總有一天會好起來，
總有一天，將會忙得甚麼事情都不可再想；
請再陪我多一會，多一會就好。

　　越是不想記起，越是不能忘記。

第 2 夜

也許，重要的人與事，其實並不可能真正忘記。

你相信，或許有天，
自己可以忘掉那些遺憾，
不會再為這一個人，
而有太多嘆息、更多心痛。

就算有過幾多委屈，
就算埋下多少難過，
就算仍會想到失眠，
就算還會太過在意……
你知道，總有一天，
一切都會歸於平靜。
再不會有人太過在意，
再不會像如今這樣，
會有一個人，為了他而悶悶不樂，
會有一個人，為了見到他，
而暗暗不知所措……

到時候，到那天，
你不會再因為，

看見他與別人變得親近，而失落失眠，
因為你們已經疏遠得不會再見；
也不會再因為，
得不到他的回覆他的已讀，而想得太多，
因為你們都不會再傳任何短訊、
有任何聯繫……

總有天，你就算再找他，
他也已經變得陌生，
你心裡藏著的回憶再深，
也是喚不回你們曾經有過的共振；
他終於都忘記了，
你曾經小心為他做過的事情，
還有曾經一起燦爛過的笑臉。

於是，你只好配合他，
一起將這些你仍然珍藏、不捨的回憶，
讓它變老、變淡、變得模糊；
就算你明明知道，怎可能說忘就忘，
又怎可能，真的可以從此不再執迷，
不再對這一個人埋下更多綿密的思念、
說不出口的無奈嘆息，
但你還是會繼續努力去淡忘、去看開，
跟自己說，不要再想了，
跟自己說，明天醒來就會好了，

對別人說，你都不再著緊、不再喜歡他了，
對自己說，你真的可以看開了，
即使你其實還是會偷偷想念這一個人……

但你還是會如此努力地，
去繼續忘記、或去延續這一段，
你和他之間最後的連繫，
並不是因為，那些無法忘懷的苦或甜，
如今仍然會為你帶來多少刺痛；
而是你好想有那麼一天，
當你偶然在街上遇到他，
當他會對你展露笑顏、向你問好的時候，
到時你不會還記掛著那些刺痛，
你只望自己可以微笑一下，
跟他打一聲招呼、問一問好，
猶如多年不見的好友，
猶如一對最熟悉的陌生人。
就算曾經你有過多少委屈難過，
就算如今你還有多少喜歡在乎，
但你不想自己一個人的想得太多、
不想自己一個人的仍未放下，
讓他有任何難受、或一點兒的不快樂。

你只望，
繼續和他做一對偶爾問好的朋友，

不會讓他有太多壓力，
不需要他有任何責任；
你只希望自己仍然記掛著的他，
可以過得輕鬆自在，可以在你的面前，
展現他最自在的、你最喜歡的那抹笑容。

不會像誰一樣，
因為念念不忘那誰，而快樂不起來；
不會像你一樣，
因為誰的一言一語，而有太多在意，
最後都忘了自己……

所以，你會懷抱著這一個心願，
繼續去忘記，這一個你不捨得忘記的人。
為那一個沒有結尾的故事，
用笑臉與釋懷，讓一切完滿告終。
即使來到這夜，
你其實仍然未可釋懷、未可快樂起來，
即使等到哪天，
你們還是未可再見、不會再見……
但你還是會努力去為他完成，
最後一件與他有關的事情，
就算他不會知道，就只有你一個人在乎；
然後在可以忘記之前，
讓自己念記再多一次、又多一次……

也許重要的人與事，

其實並不可能真正忘記。

假裝已經忘記，

也許只是為了將來再重遇的時候，

可以自然地裝出最好的笑臉，

可以讓自己更簡單純粹地，

繼續喜歡這一個人而已。

第 3 夜

寧願自己一個人，
處理已經累積太多的壞情緒。

有時想靜一靜，
甚麼都不做，就只想純粹放空一下。
並不是不想理人，
而是你真的覺得有點累，
寧願躲起來，不想別人擔心，
寧願自己一個去處理，
那些已經累積太多的壞情緒。

只是，當靜得太久，
有時會忘了，你並不是只有自己一個人。
當想得太多，就會有一種錯覺，
那些苦痛委屈難過，為甚麼都不能成為過去。

就算這天的苦已經過去，
但還是會對明天有更多顧慮，
越想就會越覺得疲累，
漸漸不想再思考更多，
就只想一個人靜靜地獨處。

然後，越是自己一個，
越是感到孤單；
越是不想再思考，
就越會有一種錯覺，
自己是一個只會微笑的機器，
不需對人說明更多，
就只需默默繼續保持正常……
以為，偶爾放空休息一下，
讓自己微笑一下，就已經足夠。

第 4 夜

他有時也喜歡你，
只是，他始終也不想與你一起。

難為的，
不是他完全不喜歡你，
只是你不能知道甚麼時候，
他才會對你有多一點喜歡，
才會想與你在一起。

如果可以知道他的想法，
你又怎會錯過留住他的機會，
如果可以知道他的心意，
你又何需為他的某一句說話，
而想得太多。
偶爾他會主動走近，
是因為你做對了甚麼嗎，
偶爾他又不瞅不睬，
是昨晚你說錯了笑話吧？
曾經你為這些謎題，
煩惱過多少凌晨，
你想問明白，卻不敢打擾他的好夢，
又怕如果問得太清楚，

那個預期之外的答案，
會讓你原本的好夢從此終結。

於是你只好在這種患得患失的心情中，
去繼續和他偶爾親近、偶爾疏遠。
昨天為了能夠與他關係變好而自滿，
這天卻為了他的已讀不回而心煩意亂，
明天可能又為了他突然主動找你，而鬆一口氣。
旁人問你，這些日子以來和他有甚麼進展，
你總是茫然想了很久，
卻答不出所以然，或是最後只有一個苦笑；
你還想與他更進一步嗎？
以前你會說當然好想和他一起，
但漸漸你開始為他找到更多解釋，
他其實並不清楚知道，自己的真正心意，
不是他不想給你回應，
只是不知道應該如何回應你；
既然如此，你不想勉強他去做任何決定，
不想在他意亂的時候去乘虛而入，
只要可以留在他的身邊守候，就已經足夠，
只要他終於清楚自己想法的時候，
給你一個答案，就已經可以了。

即使你心裡其實知道，
喜歡或不喜歡一個人、
想或不想與對方一起，
這些問題本身並不複雜。

複雜的，是如果他喜歡你，
但未想去與你一起，
又或是，如果他不喜歡你，
但又想你仍然留在他的身邊，
你又是否心甘情願，繼續如此下去？
於是，你只好對人解釋，
你不想勉強他去選擇或回應，
你只想等他真正喜歡你的時候，
才去問他的答案，才去與他真正一起；
但其實你心裡早有一個預期的答案，
並逃避去面對這個答案——
就算再守候下去，就算再努力更多，
自己最終可以得到的，
也只會是一個亞軍的位置⋯⋯

縱使，他有時也會喜歡你，
喜歡得好想有你留在他的身邊，
一起結伴同遊、談天說地到明日破曉。
只是這種有時，
是有限期的、不可能和你去得太遠；
只是他的心裡，
有另一個更加喜歡的人⋯⋯

而你早就已經太過清楚。

不是他完全不喜歡你，只是你不知道甚麼時候，他才會想與你在一起。

第 5 夜

多少次，你將這點不知如何言明的失望，
留給海與浪。

有時你對一個人感到失望，
你不會立即告訴他，
甚至是，以後都不打算讓他知道。

明明他就在你身邊，
明明方才在短訊裡，
他對你說了那些讓你生氣的話，
你卻寧願選擇一個人獨處，
走到街上，一直走一直走，
去到海角盡處，才捨得停下來，
才可以對著大海，呼走內心那點鬱悶。
其實你不是不想讓他知道你的認真，
只是你不肯定，他對你又有多少認真，
而你原本以為他是跟你一樣……

你知道，也許，他不是故意傷害你，
但一而再的心灰意冷，
令你不自覺地對付出感到卻步，

也越來越不清楚，

應該再如何向他說明白你的感受，

如何去和他相處……

本來你以為，

你們的默契應該比其他人要好，

你們彼此都有太深的了解；

但來到這天，你方發現原來並非這樣，

那些默契與了解，

可能只不過是無數誤會與巧合，

編織而成的一個玩笑——

他不是不喜歡你，

只是並不是你所想像的程度；

他不是對你沒有半點認真，

只是他的認真，並不如你期望的那麼深。

應該如何告訴他才好，

說了，就會得到他的理解與回應嗎？

說得更清楚了，

又會打亂本來還好的相處節奏嗎……

然後，有多少次，

你將這點不知如何言明的失望，

留給海與浪。

你以為只要可以呼出來，

那點瑕疵與裂痕，最後就自然會隨風飄散。

但矛盾的是，
那時候你明明說已經忘了，
為甚麼來到這天，還是依然念記；
那時候你明明對他說過算了，
但來到這年，你還是未能夠就此算了。
你單方面將太多不快藏於心裡，
隨時日遠去，那點裂痕最後還是會化成，
兩個人再無法跨越的鴻溝。

也許你還會怪他，
曾經讓你失望過太多太多次，
但不去說，他也是永遠都不會知道，
你那不自然的沉默背後，
其實曾有過多少認真。

第6夜

有時，會很想對一個人生氣，
只是沒有對他生氣的資格。

有多少次，
實在忍不住心裡的情緒，
走到他的面前，好想向他大聲吶喊，
因為他，有過多少困累，
為了他，有過幾多委屈。
然而，當自己真的走到他的面前，
那些原本一直在心裡反覆默唸、
準備爆發的說話，
卻一句都說不出來。

是因為對他已經失望透頂嗎，
還是因為看見他若無其事地看著自己，
一雙似乎甚麼都與他無關的眼神。
與其說，是對他的自私而感到失望，
不如說，是對自己對他沒有太多要求的餘地，
而感到洩氣。
不用開口就會知道，
他一定會這樣說的——
他從來沒有要求過你付出甚麼，

他從來不需要你對他這麼好，
你犧牲了很多嗎，但這不等於是偉大，
因為這並不是他想要的犧牲，
他就只會當作是你的一廂情願而已；
你一直在等他的回應嗎，
但他從來就沒有回答的義務，
即使你為了那一個答案，而守候了多少個日與夜。

他一定會這樣說的，一直以來，
是你自己一個人幻想得到太多，
是你自己一個人想他太多而已；
從一開始，他本來就不想與你發展太多關係，
你有多少想法心意，他一概不知，
有甚麼難過委屈，他也不會在乎……
你知道，他一定會這樣跟你說的，
如果你真的忍不住，向他爆發或質問，
他可以立即給你一個最冷淡的目光，
冷冷地拋下一句說，你憑甚麼呢？
憑甚麼去過問他的想法、
去要求他為你做點甚麼；
你是他的誰呢，你們又是甚麼關係呢？
朋友？至少也應該要有朋友之間的尊重？
但你又未必真的想，
自己就只值得這一種關係；
因為從最初開始，
你的付出就不是以這個名分為目標。

如果就只是朋友，

又會願意為他付出到這一個地步嗎？

如果就只會是朋友，

那一直的守候空等又有甚麼意義，

那些似是而非的心跳、還有未完的約定，

都會統統破碎、變得再沒有半點意義吧？

如果就只會是朋友……

自己就真的再沒有權去過問，

為甚麼他一直由得你去待他這麼好，

為甚麼他總是不會珍惜、只會予取予攜，

是你始終未能做到他的標準、還不夠好嗎？

還是其實，他從來都沒有喜歡過你，

對你沒有半點認真與著緊……

每一次，當你累了，

當你為了他的一再冷漠而受傷，

當你因為他的自私任性而感到生氣；

你再也忍不住心裡的情緒，

還有已經累積得太多的不安、寂寞、猜想、盼望，

你終於鼓起僅餘的勇氣，走到他的面前，

好想向他大聲吶喊，

因為他而有過多少困累，為了他曾有過幾多委屈。

然而，當自己真的走到他的面前，

那些原本一直在心裡反覆默唸、

準備爆發的說話，卻一句都說不出來。

是因為，你已經對這一個人太過失望，
失望得你已經再沒有力氣，
去為自己爭回應得的尊嚴與回應，
寧願用沉默來表達心灰意冷，
用呼氣來平息已經太多的無奈沉鬱……

還是因為，你只是不敢將一切都說破，
怕自己始終未能得到他的認真與尊敬，
怕自己這些年月以來的一心一意，
如今還是換不到太多讓他留下來的籌碼，
怕他其實從來都沒有喜歡過你，
怕，當一切都說破揭穿了，
這一個夢再不可延續下去，
即使曾經有過多少溫馨對望，
也只是一場單方面的虛構；
原來他的心裡，從來就沒有你的位置，
從來都沒有……

而你卻為這一個人，
已經認真在乎生氣默然過太多太多，
還有更多更多。

第7夜

對於你，始終還是有著太多不確定。

對於他，
你總是會有太多不確定。

不確定，他是否喜歡你，
不確定，自己到底是他的誰。
朋友？但他有時對你好得不像普通朋友；
情人？但你始終無法長留，
他身旁的位置。
是好友吧，只是有多少次，
他可以輕易將你的事情忽略忘記；
是陌生人吧，只是這些年來，
你卻一直與他偶爾短訊、見面晚飯……

說很熟悉對方，又不盡然，
說不相干嗎，那為甚麼，
他突如其來的邀約、隨便的一句玩笑，
又可以讓你想得太多。
有多少晚上，
你好想自己擁有多一點勇氣，

問清楚他那微笑背後，
對你其實有著哪些意思；
但有更多次，你對自己說，
其實現在這個位置也不錯，
如果刻意說穿了，
只會令彼此更尷尬吧？
如果被他看穿了，
那如今的種種不確定，
都會變成太清楚的不可挽回，
你告訴自己，那又何必。

就算那些不確定，
有時會打亂你的生活節奏、
會令自己委屈難受，
但總好過以後無法與他再連接，
無法再去貪求，那一點不屬於你的，
那點暫借回來的快樂溫柔……

其實你不是不知道，
自己與他的將來，應該沒有太多可能，
這應該是你最能夠確定的一個結局。
那為甚麼還要繼續下去，
為甚麼還要更加委屈自己？
但你一直想在他的身上，
尋找那一個未必存在的答案，

然後讓自己找到更多不確定，
越來越不懂得心息。
到最後，他終於確定，
與另一個人走向白頭，
你卻仍然留在他的身後徘徊，
偶爾失落，偶爾不忿，
想再追，又想放棄，
想更多，又想到意亂，
始終無法確定自己的心意，
好好的乾脆一次……

對於他，
你總是會有太多不確定。
是因為他太高太遠、難以觸摸，
也因為你，始終不敢伸手去碰，
不敢去確定，自己的真正位置。

● 你一直想在他的身上，尋找那一個未必存在的答案。

第 8 夜

我很努力追近你，
但最後，你和我還是走散了。

有時再同步、再努力，
兩個本來陪在對方身邊的人，
還是會在不知不覺間，漸漸走散了。
然後，不能夠再走在一起，
以後，就只剩下一個人失眠。

明明昨天晚上，還會一起通電話，
明明上星期的假期，還一起去過旅行，
尋找第一次去過的小店，
一同嚐過同一樣的甜……
那時候還會以為，
以後都會這樣子繼續一起，
你還感恩，竟然可以遇到一個人，
與自己如此靠近，會如此珍惜愛護自己……
然後，最後，
他卻冷靜地跟你說，
真的沒法子再這樣下去了，
真的，沒感覺了……

你不敢確定，他是不是在開玩笑，
只是你卻越來越清楚，這是你認識他以來，
最確定的一次；
比起他說喜歡你，
比起他最初想要跟你一起，
還要確定，還要認真。

為甚麼忽然會變成這樣？
你好想問他真正原因，
是因為有甚麼做得不好嗎，
還是因為他喜歡了別人；
又或是，沒有甚麼原因，
就只是再沒有感覺，
他再不能夠欺騙自己，對你還有感覺……
可是這些想法，你都沒有力氣再問，
你已將所有氣力，都用來平復快要崩潰的情緒。

你是應該哭出來的，
但你不想在最後的通話裡，
讓他難堪愧疚，不想在你們分開之前，
為他留下不好的印象……
你是應該哭出來的，
是應該開口去問的，但當你聽見他說，
累了，想去睡了，可以掛線了嗎？
你用最後的力氣忍住淚水，

平靜地說，可以掛線了，
之後，他就真的掛斷電話，
以後，你們真的就這樣從此分開……

過程太短促，
短促得，讓你後來都不敢相信，
這是真的有發生過，
真的是你們那麼珍惜過的感情，
所應該得到的最後結局；
你還未來得及問為甚麼，
他還未開口去說一聲對不起，
卻從此以後，給你留下更多的問號。

這天你還會回想他昨天的好，
然後又想為甚麼如今會變成這樣；
明天你繼續面對沒有他的世界，
然後又在打開手機螢幕時，
看見那一張已經不再屬於自己的笑臉……
一天一天過去，但對你來說，
時間卻似乎再沒有意義，
因為自那天開始，
一切都已經沒有意義了。

偶爾你還是會回想，
如果那天可以重來，

如果可以對他再多問一句、
或說多一聲不捨，
是不是可以挽回他的同情。

如果可以哭得出來，
如果可以任性最後一次，
請他暫時別急著去睡、
請他再陪你最後一次，
就像最初認識的時候，
他拿著電話，對電話另一邊的你說，
就算有多累、就算明天還有多少工作，
他都願意陪你繼續通電話，
一直陪下去，陪你成長陪你到老；
直到聽見你說一聲晚安，
直到，你終於可以安睡為止……

如果可以任性一次、最後一次，
是否就可以換來一晚安睡，
不會空想到明年今日，又再一次失眠；
不會再這樣執迷下去，但看不到盡頭……

你忍不住拿起手機，
想要給他一通電話，
想知道他曾經對你的重視，
如今還可否換到最後一次請求。

只是當你看見他的笑臉，
一直看著、一直看著……
你將手機放下、再拿起，
再放下、又再拿起……

但最後，
你還是沒有撥打出去，
即使你已經力竭筋疲，
即使你有多想再跟他說一句，
晚安，再見……
但以後又怎會有再見的可能，
沒有你，他還是一樣可以安眠；
那何必再要打擾、
再讓自己繼續想下去，
然後，想到開不了心，
最後，又想到再一次失眠。

第9夜

我只不過是你宇宙裡的一點微塵。

看不開的時候，
只要深深地呼吸一下，
將所有煩惱愁緒都通通呼走，
再想想，自己不過是宇宙間的一點微塵，
就算有過多少委屈難受、無奈遺憾，
但明天醒來，一切也不會有任何改變；
風依然會吹，浪繼續拍岸，
應該美好的風光，也是會繼續燦爛。
既然如此，那自己再不開心，
再看不開，又有何價值；
若真如此，自己的那一些苦，
又何必太介懷執著？

有多少次，你不快樂，
然後你叫自己努力看開；
與其想著有甚麼得不到、做不好，
不如正面思考，
不要再做一些讓自己不快樂的事情，
不如也去顧及一下，別人的感受——

如果不想別人擔心，
就不要躲起來不見人；
如果不想別人探問，
就不要隨便向人交心；
如果不想別人輕視，
就不要展現半點軟弱；
如果不想別人生厭，
就不要放下你的笑臉……
不要輕易在陌生人面前，
流露半點負面的情緒，
即使有些人會說不介意，
但你還是會害怕，
自己會為對方帶來半點麻煩，
而最後又換來更多的指責怨懟。

自己是更應該努力看開，
應該要盡快令自己好起來；
與其有空傷春悲秋，
不如無時無刻提醒自己，
應該要做些甚麼──
你是應該笑的，
因為你其實已經比其他人要幸福得多；
你是應該正面的，
因為大家都相信人生滿希望、前路由你創；

你是應該多點關心世界的，
因為相比起社會各種矛盾，
你的鬱結根本微不足道；
你是應該好起來的，
因為其他人也都好起來了、你也應該可以的……
這些都是你應該要做的事情。
即使怎樣才可以做到，
卻沒有人可以清楚告訴你辦法。

或許你會試著去看更多的書、
聽更多陶冶性情的音樂，
做了一些讓自己開懷的事情，
平定了一刻情緒，但下一刻又可能會突然失控，
反反覆覆，令你反而更加疲累。
你乾脆想，如果努力放下，
就只會令自己繼續在迴圈裡兜轉，
那不如不要再想更多，
甚至甚麼都不要再想。
只要讓自己更加忙碌、或忙亂，
再沒有空閒去胡思亂想，
那就不會再有空傷春悲秋吧？

只是，當你讓自己忙到一個地步，
無法停下來，不敢停下來，
忙，終於讓你沒有時間再去想了，

但偶爾停下來，那一直累積掩藏的情緒，
還是可以輕易將理智與疲勞都掩蓋沖淡；
又或是混合出另一種鬱結與不快樂，
令你困倦更深。

因為，你未必真的想得到那種忙碌，
也無法享受，為自己不太喜歡的事情，
耗盡心力的感覺。
然後，當你忙到力歇筋疲時，
你可能會開始反問自己，
這樣繼續下去，又真的有意義嗎？
自己只不過是逃避再逃避，
但當逃不了的時候，
看似用忙碌維持出來的秩序，仍是會全盤失控。
而自己依然得不到真正想要的東西，
甚至還換到更多的不快樂、更多累與痛，
卻沒有幾多人會留意得到，或是在乎……

因為你都在忙著生活、你似乎已經好起來了。
自己的忙，反而更合乎大家認為正常的定義，
你終於不會再讓別人有太多擔心，
即使你也同樣得不到，那些人的真正關注。

是的，
其實自己只不過是宇宙的一點微塵。

是自己太過在乎自己的感受、與煩惱，
是自己太過念念不忘、
對某些得不到的人與事太過執迷。
有沒有自己的存在，宇宙還是會一樣運作，
世上還是一樣會有很多人跟自己一樣，
有著各種喜怒哀樂、煩憂執怨痴迷完滿；
但一呼一吸，一切還是會漸漸變成過去，
那自己又何必讓自己更不開心，
又何必介意自己得不到別人的好。

再不開心也好，
只要讓自己看一齣喜劇，
就可以開懷過來的；
即使最初未必笑得出來，
但只要每天練習、成為習慣，
終有天自己一定可以找到，
讓自己輕易開心的方法，
多點欣賞美好的事物，
多點感謝別人的恩惠，
這樣一定可以令自己更容易開心快樂，
一定會重新變回那個積極樂觀的自己……

因此，所以，
如今的不快樂，
又有何價值與意義；

明明如此微不足道，明明並不耀眼，

又憑甚麼要為它流淚，

又憑甚麼要別人為它有一點感動，

要人記得或懷念，

這點末碎，這點認真，

就算微小，也是獨一無二……

風吹過無痕，以後不會再有一樣的景致。

第 10 夜

自那天開始，
就擁有了一種睡不著的習慣。

睡不著不是罪。

只是一直睡不著，
就會開始思考那些，
不應該再想的人與事；
然後越想越多，
又會忍不住再責怪自己。

然後又會問自己，
為甚麼還要想下去，
為甚麼還是不能夠，好好安睡。

明明已經很累，
但你卻完全沒有睡意。
好想立即找到出路，
好想有一個人可以對你說，
沒事的，有我在，
別再為難自己，好嗎？

你一直這樣問，
卻始終得不到誰的回應。
有時你可以欺騙到自己，
去換來半晚安睡；
但那些解不開的結，
有時卻無法讓你再假裝下去，
假裝這一切從來都沒有發生。
有時又會想，如果張開眼或閉上眼，
最後還是會想起同一個人，
那一個以後都不會再見、
也不會再說晚安的人，
那麼睡不睡得著，
又有甚麼分別，又為甚麼還要繼續難過。

睡不著，真的个是罪，
但最難耐的，並不是不能夠好好休息，
而是你會有太多時間，
又再想起那一個，不應該再想念的人。

第11夜

與其說卑微地喜歡下去，
不如說只是習慣了失望這節奏。

與其說，你的不離不棄是一種執迷，
不如說，你只是習慣了這一種生活。

就好似，你習慣了跟他每天短訊，
習慣了看他有沒有在線，
習慣了等他回覆，
習慣了等不到他的回覆，然後失落；
又或是，你習慣了去對他好，
習慣了不懂拒絕、不求回報，
習慣了他漸漸對你予取予求，
再習慣了他把你忽略，甚至完全無視。

即使你並非真的喜歡，
長期得不到短訊回覆、
或一直被對方冷待與傷害，
但你太長時間去漠視自己的感受與需要，
底線一再降低，由最初你不願接受，
到某天你會慶幸其實這樣也不錯，

甚至是習慣在這條底線之上去一再下注，

奢望哪天會幸運或奇蹟地，

自己的好心終於得到好報、苦盡甘來……

你或許還會跟自己說，

其實自己也算樂觀積極，

還懂得苦中作樂，還不算太差，

如果有天真的太難受，

到時自己再放棄好了。

但問題是，有些習慣可以改正甚至戒掉，

有些習慣卻會耗盡重新開始的力氣。

尤其當你太執迷那想要的，

把身邊更珍貴的人與事都一一錯過，

到時候，你是否會變得更執迷？

還是終於可以狠心捨棄這壞習慣，

讓一切歸零，再重新開始。

第 12 夜

太重視，重視到，再也看不見自己。

被重視的人無視，是難受的。

即使說了或做了甚麼，
對方都恍如不覺；
再溫柔坦誠也好，
不是換到沒回覆的回應，
就是得到他難得的皺眉或生氣……

其實你知道，
他並非完全不察覺你的存在，
那些冷待與忽略，是他為你特地去做；
也許你得到的輕視、氣惱或討厭，
比你所付出的一切還要深。

好心原來不一定會得到好報，
你不是沒聽說過，
只是當發生在自己身上時，
卻苦澀得讓你難以接受。

偶爾你還會想，
他是否在考驗你的認真、
是不是你自己做得未夠好；
偶爾還會自欺，
其實他讓你如此難堪，
證明你在他心裡是特別的存在⋯⋯

然而，人的愛惡是不能勉強，
自欺到盡頭，也不會願望成真。
這天再迷失再無奈再苦苦堅持，
或許只不過是還未能無視他對你的無視。
而你卻將自己對他的重視看得太重，
讓你忘了如何閉起雙眼，安然入夢。

第 13 夜

累了，不想再說話；
但沉默了，又可會好過一點。

累了，
有時會不想說話，
也不要讓人找到。

因為你終於明白，
就算你再說些甚麼，
都不會得到他的在意。

因為不想再對人解釋一次，
那些連自己都不明白的鬱結；
也不想解釋完之後，
又再換來更多的努力、加油，
然後只好為對方努力說一句，
我很好，別擔心。

只是你又已經有多久，
沒有說過真心想說的話，
自己最想表達的心情⋯⋯

沉默也是一種表達方式，
只是你的沉默，又有多少人願意接收，
又有多少人不會誤解。
你累了，不想再說話；
但沉默了，又可會好過一點？

然後，那點鬱結，
繼續在熱鬧裡等待某誰接收。

第 14 夜

如果你不喜歡我，
但是我們繼續做朋友……

我想，我一定會說好的，
即使在心裡，是有多麼無奈，
即使在臉上，是笑得多牽強，
但只要你願意，我一定會說好的。

因為，我還可以再見你，
還可以繼續以朋友的身分，
去關心你、聽你說心事、
分享你的快樂與煩憂。
我們還可以像從前一樣，
你收到我的短訊，會立即回覆，
不會像那天之後，只會已讀不回，
然後我對著螢幕想得太多，
到最後再不敢按下發送鍵；
假期時也可以再一起結伴同行，
去你喜歡的海角散步，
去一起品嚐你最愛的那一杯咖啡。

雖然，我知道你不會喜歡我，
但無阻我們看海的興致；
雖然，你知道我喜歡你，
但我們還是可以自然地相處，
一起笑、一起唱遊，
仍然是一對好朋友，
就像我們曾經確認過的友誼永固，
仍然可以到老白頭，
即使將來我們身邊會有其他喜歡的人……

就算這些可能，
都不過是我的奢想，
也許我們即使繼續做朋友，
也只會是一對不會再常常聯絡的朋友。
偶爾你會像從前一樣，
如常地回覆我的短訊；
但有時你又會刻意地對我冷淡，
似是想與我保持距離、
似是不希望讓我亂想太多。
然後，當我心灰意冷的時候，
你又會主動來問候我一句，
然後，當我想再重新靠近你，
你又會再次對我已讀不回……
然後，當我對這樣忽冷忽熱的你，
亂想得太多、不快樂更多，

想跟你繼續做一對好朋友，
但是不可以再繼續親近；
不想繼續跟你再做普通朋友，
但我是明明知道只可以繼續如此⋯⋯

而你其實是比我更難受吧，
因為你本來只是想跟我做一對朋友，
我卻沒有按照你的預期伴你成長，
是我背叛了你。
你為了照顧我的感受，
才勉強自己裝作與我友好，
即使有些情感，是已經不再一樣，
有些關係，是不可能再回到過去，重新開始⋯⋯
再繼續假裝做一對朋友，
有天我或許又會再忍不住喜歡你，
再繼續若即若離地相處，
到最後我們只會越來越討厭彼此⋯⋯

所以，
與其要裝作繼續友好，
但又要面對這點遺憾，
不如從這天開始，
不要再見，不要再聯繫，
不要再做一對朋友，
不要再承認曾經認識過你⋯⋯

就像我們從未相遇過，
你與我之間並沒有半點關係，
就像未遇上我之前，你又怎會知道，
這個人以後會與你不再往還；
就像未喜歡你之前，我又怎會想到，
自己竟會為這個人如此執迷……

不再做朋友，
也許真的是一個對的決定。
我尊重，也只可接受。
就算偶爾會不明白，
你為何可以如此乾脆、狠心，
就算偶爾我還是會想，
如果我們可以繼續做朋友，
這天是否就會不再一樣；
如果那天我沒有勇氣去開口，
如今我是否又心甘情願地做一個朋友……

可惜沒如果。
再執迷，那些年也是已經不再。

第 15 夜

我喜歡你，但我知道你不會喜歡我……

喜歡你，
已經很久很久了。

最初又怎會預料得到，
原以為，已經不會再對別人動心，
但有些心跳，
在不知不覺間變成了習慣；
原本以為，
就只是朋友間的短訊聊天，
漸漸卻變成了每天約定的睡前節目。

和你在一起的時候，
即使是做著最無聊的事情、
說著最悶人的笑話，都會感到輕鬆有趣；
就算不說話，只是普通的對望，
也總可以在對方眼裡找到自己的笑臉，
會讓我記得，自己並不是孤單一個，
這世上還是有著這麼難得的一個人，
願意和自己一起笑，分享快樂與悲傷……

只是，

每次我都會提醒自己，

你不會喜歡我，

我只是你一個重要的朋友，

只是這樣，如此而已。

是我太沒有信心、不敢開口，

還是我太清楚，

如果你也喜歡我，

我們應該早就一起了。

如果你對我的好，

也滲著一點點的愛情，

那麼我們不應該會一直這麼友好，

友好到，當我假裝喜歡了另一個人，

你會那麼熱切地探問、給我意見、做我的軍師。

你也不會有任何顧慮，

在那些夜深訴說你的感情煩惱，

失戀時的難受、等待的無奈、

終於等到他的那種甜蜜、

與他一起編織未來時的各種趣事……

我總是靜靜微笑細聽你的說話，

不想打擾你的幸福，

不想那一句練習了好多次的祝福說話，

會有任何破綻，會讓你察覺得到，

其實……

我已經喜歡你很久很久了。

隨著這些時日過去，

我都可以熟練地將對你的感情，

埋在很深很深的地方，

將你所不知道的在乎，

都藏在習慣與呼吸之中……

有多少個晚上，

我對著手機的對話框，

想跟你說，我喜歡你，

但最後都沒有成功發送，

就只有傳你一個普通的笑臉；

有多少次別離，

我目送你遠去的背影，

想追上你，想捉緊你，

但最後還是苦笑一下，

叫自己不要再陷得太深，不要為難你更多。

偶爾我會問自己，這樣子繼續喜歡下去，

是不是有點可笑、自欺欺人……

你是如此重要，

但我只敢去用這種方式來承認，

我是應該放下你，

但卻又讓自己每天如此念記，

提醒自己，我喜歡你，

但你不會喜歡我。

其實，如果我真的對你坦白，

就只會讓你更加為難；

因為，你真的當我是一個朋友，

因為，你會不知道怎麼拒絕，

如果要你勉強答應我、喜歡我，

到最後就只會傷害彼此更多；

如果要你不答應我、疏遠我，

你又是否捨得失去，

這一份本來珍貴的情誼？

與其開口讓彼此更加為難、

要你陷在友情與愛情的兩難選擇，

那不如我甚麼都不要說，

就繼續保持現狀，

就由得我繼續去尋找，

有天讓自己看開、釋懷的方法，

或是再次回想起，

最初喜歡你的時候，那一點純粹的心情——

是的，我喜歡你，

但不一定要你也喜歡我，

不等於，我就是一定要去擁有。

我只想繼續好好喜歡你，去待你好，

與你友誼永固、一起到老白頭，

或是在你看不見的角落裡，
看著你的快樂與幸福，默默祝福你，
輕輕地對你說一聲好久不見。

我們永遠都會是最好的朋友，
會一直伴在你的左右，
不會因為得不到對方的喜歡，
而有太多的尷尬或無奈，
不會因為害怕對方想得太多，
而裝作自然地漸行漸遠……
我們永遠都會是最好的朋友，
就如那天，在那片夕陽之前，
你笑著跟我許諾，要友誼永固，
將來要一起再回到這個海岸，
來一起懷緬年輕時的我們……

只望到時候，
當我笑著對你說，
我曾經有一點喜歡過你，
但你竟然一直粗心大意地沒有察覺，
你不會一臉不能接受，
不會從此逃避我的笑臉；
只望到時你會對我說，
原來你也曾經喜歡過我，
為甚麼我們竟然會錯過了彼此？

或是你會笑著說，
其實你早就已經知道這一個秘密，
幸好我沒有說了不該說的話、
做了讓彼此尷尬的傻事，
我們才可以一起走到這一天、
才能夠繼續做一對，
真正無所不談的老朋友……

只望那天，
我們已經修成堅定不變的情誼，
可以擁有向彼此坦誠的勇氣，就好。

第 16 夜

想見，不等於就要靠近。
放下，不等於要努力去忘記。

有些浪漫是，我們不能再見，
但是會一同思念對方；
又或是，我們都會繼續思念，
但是以後也不會再見。

思念，不一定要看見。
想見，不等於就要靠近。
喜歡，不一定只能夠擁有。
放下，不等於要努力去忘記。

其實你都明白。
就不過是一個人的浪漫，
就只是想繼續靜靜地浪費而已。

有時候，最傻的，
不是仍然喜歡一個不能喜歡的人。
而是你相信自己還有可能，
和他繼續做一對無所不談的朋友，
就像最初你們認識的時候，永恆不變。

但其實甚麼都已經改變。

他早已逃得很遠很遠，

也不會再找你、不會再看到你的臉容，

那為甚麼，你還要勉強自己用微笑來帶過，

為甚麼，還要再為他去假裝下去，

讓自己無法再自由自在地，

繼續思念這一個人。

第 17 夜

其實從最初最初你就知道，
他並不是認真喜歡你。

但是，
你還是讓自己與他走近，
一天一天，一步一步，
盼有天，他會明白你的心意，
盼終於，他會對你有更多認真，
盼最後，他真的喜歡你，
就好像，他真正喜歡的那一個人一樣……

就是因為有那一個人存在，
你才每天都會看得見，
他對那個人有多認真著緊，
比起對你的著緊，要認真太多；
就是因為有那一個人比較，
你才會發現自己的卑微，
即使他會依然對你微笑，
但你永遠都不會看到，他最燦爛的笑容……

你可以看見他的笑臉，
但不可得到他的溫柔；

你可以知道他的近況，
但不可明白他的真心；
你可以走近他的身邊，
但不可希冀他的親近；
你可以開解他的煩惱，
但不可分享他的快樂……
你可以追求他的喜歡，
但不可要求他的認真；
你可以離開他的圈子，
但不可無視他的短訊……

當他需要你的時候，
當他真正喜歡的人，並不需要他的時候，
你才會是他最著緊的人；
但你知道，這一份著緊，
是有期限的，也有本身的極限，
不會因為這天對你有多著緊，
而變成對你有更深的喜歡，
也不會因為你投入更多著緊，
就可以換到他一點兒感動……

因為，比起喜歡你，
比起一個喜歡他的你，
他早已有一個更加喜歡的人，
早已跟那一個人建立更深的情誼。

當有一天，那個人再回到他的身邊，
你知道，就算自己再如何卑微，
再表現得怎麼委屈、再苦笑更多，
也只會換到他的遠離與討厭；
即使或許他還會對你保持笑臉，
但其實也是永遠地跟你保持距離。
就算，你終於可以放下尊嚴，
去乞討他的憐憫他的回眸，
也只會讓自己變得更可笑可恨。

其實自己再執著更多，
都不可改寫得到甚麼，
也不可能在他的身上，
尋找到屬於你的位置。
畢竟，在每一個人心裡，
可以容納的人與事，並不太多；
有時是先到先得，
有時是只會留給某一個人，
即使那個人只是曾經就坐，
即使那個人的心不在於你……

你知道的，在他的心裡，
永遠都會留下位置給那一個人，
不是他故意將你忽略、不留住你，
而是他其實也跟你一樣，身不由己……

不可得的，偏偏喜歡，
可得到的，偏偏無感；
你明白的，你真的太明白。

只是最後，只是這夜，
當你又看到他與那一個人一起，
笑得歡懷、彼此相伴相守，
有美好的憧憬與未來，
你好想為他感到高興，
只是你還是會想起，
他終於可以得到想要的，
而你卻可以得到甚麼……

你告訴自己，
其實從最初最初你就早已知道，
他並不是認真喜歡你。
你走近他，
其實只是想暫借他的溫柔，
你離開他，再怎麼不捨，
至少還可以換回你的自由。

第 18 夜

有些想念，並不是想要得到一個人，
而是用來代替，說再見。

喜歡一個人，
偶爾會不自覺地亂想很多很多。

會想，
如果他也喜歡自己，那就好了。
會想，如果他會來找自己，
那就不用再想得那麼多。
想，不知道他有沒有也在想我，
不知道他現在過得怎麼樣，
不知道他身邊的人，會是哪一位……

會想，是因為不能再知道。
你想知道他的近況、他的想法，
只是你未必可以親自去問；
或者你還可以從臉書裡得知，
看他與別人笑得有多開懷，
但你不知道在那些快樂的相片背後，
他會不會也有一點不開心，

會不會有一點想念你，
會不會已經忘記了你……

其實想得再多，
也不會改變到太多事情。
你知道的，因為這些亂想，
你已經想過太多太多遍，
想了，還是只會繼續如此下去，
他不可能會知道，也不可能會有一點感動；
想得多了，反而只會讓自己不能入眠，
只會讓自己變得更想不開……
想得再灰暗，也只會讓自己更傷心，
想得更美好，也只會讓自己再失望；
既然如此，那不如不再去亂想，
就算要想，也只會讓自己想得輕鬆一點，
自在一些……

其實，那些想念，
除了因為不能夠再知道，
那一個你最著緊在乎的人，
如今有著怎樣的生活、
那些他不會再跟你分享的人與事，
也包括那些，你一直未有機會親口告訴他的心意，
你的問候、你的關心，
還有你的願景……

你喜歡他，想跟他在一起，
但你知道未必可以，
但你還是會繼續喜歡下去；
所以，就算你們不能一起，
就算不能經歷最驚天動地的故事，
就算最後還是會留有遺憾，
你都希望他這天可以過得開心、自在，
他可以活得健康、幸福。

你的想念，並不只是想要得到一個人，
而是想透過誠心的祝禱思念，
去給予一個人幸福快樂……
即使你其實是有多希望，
可以親手去完成這一份心願；
即使他最後也不會知道，
曾經有人為了他而想得太多。

● 其實想得再多，也不會改變太多事情。

第 19 夜

誰沒有寫過，刪了又寫、寫了又刪的短訊。

誰沒有寫過，
刪了又寫、寫了又刪的短訊，
以為只要寫好了、傳送出去，
自己就可以好好安睡……

但又有多少次，你寫好了，
卻始終欠缺發送的勇氣；
最後將那些認真收回心底，
難為的，還是你自己。

直到有一次，
你終於發送出去，
但已經不再是，
你最初想表達的心情；
然後你一直看著螢幕，等他的回覆，

最後又再一次，想到了天光。

第 20 夜

如今有一個人，還是會因為他而想得太多。

有時還是會想，
不如，不要再去找他，
反正他也不會想見面⋯⋯
不如，不要再去問他太多，
反正，也只會讓彼此更疲累⋯⋯

其實，來到這天，
你們都已經盡了力，
只是在途中，
你們都忘記了對方的節奏，
忘記了，還有更重要的人，
在自己的身邊。

你嚮往的，是將來的快樂，
他想要的，是此刻的笑臉，
彼此都為對方的幸福著想，
但偏偏，你們的步伐越來越不一致。
他總看見，你臉上的皺眉，
你總介意，他刻意的冷淡⋯⋯

即使你們曾經有過多麼快樂的時光，
即使，你們曾經都想回到從前，
而事實上，你們都有心無力，
你們都只想著從前，
來比對如今彼此的陌生，
也傷害了你們自己……

其實，有時會想，
這一切也許都只是自己想得太多。
他都已經不在身邊，
他這天應該比起之前更快樂。
曾經你以為，沒有他在身邊，
你應該會撐不過去，
大概，很快就會變得一蹶不振……

但沒有他的這些日子，
你還是這樣走過了；
是不快樂，是會難受，
但再怎麼失眠，
明天的晨曦還是會照亮大地，
再怎麼因為看到像他的身影而失神，
最後，你還是走過了那些，
以前與他同遊過的地方。
彷彿，最難受的痛，
原來也不過如此。

那麼，他如今得到他想要的生活，
如今，終於沒有你在他身邊煩擾，
他一定會比之前更自在開心，
至少，不用再刻意裝出冷漠，
至少，不會再背著你悄悄嘆氣……
至少，他再不用為你的犯錯而生氣，
至少，如今你終於明白，
沒有你在他身邊，
他還是可以過得更好，
沒有他在的夜深，
你才知道思念一個人的滋味，
才知道，有些事情如今再如何去想，
也是已經太遲……

如果你的出現，只會惹來他的討厭，
那不如不要再去找他，
如果你太在乎，只會換來他的疏遠，
那不如你在人前表現得不痛不癢，
不望他會因此靠近，
只望他可以離開得更自在……
如果，這一切這一切，
其實真的只是你想得太多太多，
其實有沒有你，他還是會依然故我，
其實有沒有你出現過，
他還是會找到他真正的幸福；

那麼你再不捨再看不開，
到頭來也不過是庸人自擾，
沒甚麼值得對人傾訴，
沒任何可以被同情的價值……
那不如，就不要再表現任何難過，
不要再透露半句不捨，
不要再去奢想，有天還可能跟他一起，
不要再裝作偉大、裝作放手成全，
讓他去過想要的生活……
不如不要再去想，
怎樣才能夠放開他，
不如就讓你好好再想念最後一遍，
他的溫柔，他留給你的笑臉……

不要再去找他，不要再去打擾，
不是為了讓彼此好過，
其實就只是因為，如今有一個人，
還是會因為他而想得太多。

第21夜

只要有天你也不喜歡他，一切就會好了。

你說，
他不記得你，不緊要。

只要有天你也記不起他，
那就行了。

你說，
他不喜歡你，不緊要。

只要有天你也不喜歡他，
那就行了……
只要哪天可以跟他一樣，
不會在乎、不會動心，
就會好了……

只要。

● 只要有天你也記不起他，那就行了。

第 22 夜

就算想得更遠，也無法再靠近的人。

想那麼多、想得更遠，
都只不過為了一個人，
一個無法再靠近的人。

想，
如果可以不用再想，
那有多好。
至少這天晚上，
不會再因為聽見某首歌而失神，
至少不會再因為想起，
以後的不可再見，而無可奈何。

如果可以不用再想，
那就不用再刻意找些事去做，
來把時間填塞，來麻木感覺，
也不用再去想，
明天是否也會跟昨天一樣，
繼續去逃避再想的旅程，

然後，最後，
再累積更多想念的倦……

想，
如果可以不用再想，就好。
如果可以自在地想，多好。

● 想那麼多，都只不過為了一個人，一個無法再靠近的人。

第 23 夜

或許你與我，需要完全地斷絕往來，
才可以放過自己。

你可以繼續喜歡他，喜歡得義無反顧。

只是有時候，就算喜歡再深，
還是無法沖淡之前有過的傷害，
也無法忘記，仍然留在眼中的刺痛。

但有時難耐的是，
你假裝毫不縈懷、繼續做對方的好友，
可是每天醒來，你都會問自己，
是要繼續下去，還是應該要早點放手。
而對方或許早已察覺你的煩惱，
只是始終不會讓你知道真正答案。
漸漸你也不想再知道，不想再想得更多，
也不想再繼續如此下去。

然後有人問，如果仍然喜歡，
如果你是真的那麼喜歡那個人，
那為甚麼要放棄，為甚麼要選擇離開。

你微微笑了一下，沒有說話，

不想解釋，你真的很累很累了；

也不想再說明，就算再喜歡，

有些人還是不能不放手。

需要完全地斷絕聯繫、不要再見，

你才能找回單純地喜歡一個人的心情、

可以義無反顧的那一個自己。

就算再喜歡，有些人還是不能不放手。

第 24 夜

因為我不是在尋找你的代替品。

如果你喜歡的人，始終不喜歡你，
那麼可否嘗試喜歡，仍然陪在你身邊的人嗎？

過了一會，你說不可以，
因為愛情不是尋找代替品，
如果喜歡，就不會隨便捨棄，
如果不喜歡，再努力相處也是徒然……
我笑了笑，沒再說話，
然後悄悄地，離開你的身邊。

其實有時候，
並不是可不可以的問題，
而是只看我們自己願不願意。

你不願意為不喜歡的人浪費太多時間，
但願意為喜歡的人花一整晚時間，
只為去等一個短訊回覆；
你不願意被自己喜歡的人不喜歡，

但為了討得他的喜歡，
你願意對他死心塌地……

總是這樣子，
我們總是會寧願去喜歡，
得不到的某一個人、
再也不可能追回的誰；
然後直到身邊一直伴著的誰，
終於走遠了，
到時候才會開始懷念、才會懂得珍惜，
如果還有下一次離別，
要好好地跟對方說再見。

第 25 夜

如果你曾經也會為我設想，
為甚麼最後還是會得到這結果。

人與人交往相處，
有時最大的誤會，就是單方面去相信、
大家都相信「將心比心」，並會付諸實行。

以為自己對人認真，對方也會一樣認真，
以為繼續堅守下去，對方最終也會給你回應；
以為等到心灰意冷，就會換到他的一點溫柔，
以為自己坦承相告有過的委屈，
就可以換到對方的認真與關心……
但過後又會發現，
事情並不一定如自己的預期，
也忘記了，別人的思考方式，
本來就不一定會跟自己完全一樣。

所以往往去到最後，
你問他，為甚麼要待你如此，
為甚麼你付出了的真心、
卻始終換到他的冷漠；

你覺得他太自私了、一點都不憐惜你，

但他卻覺得你是自討苦吃，

一臉與他何干的模樣，

那時候你方察覺，

他原來是來自另一個星球，

若不，他為何可以這樣自我中心，

又為何會讓如今的你，感到如此陌生。

但其實，他本來就與你並不一樣，

由最初認識開始，

你們就已經是來自不同的世界，

各有各的思想、信仰與價值觀；

而將心比心，

是只有彼此都願意向對方打開心扉，

勇敢地走進對方的世界，才有機會萌芽結果。

如果從來沒想過，

闖進另一個陌生人的心，

如果沒有承受失望、甚至受到傷害的準備，

那麼所謂為對方設想、所謂同理心，

也不過是一廂情願地想像、認定，

甚至只是一些空談的口號，

而忽視了對方是否真的需要、討厭或喜歡。

一廂情願地要求對方跟自己一樣，

卻忘記了需要兩人一起去磨合，

才可以知道對方用怎樣的角度，

去看這個世界、還有彼此；
將對方想像成也會為自己設想，
也許已經是一個錯誤的預設，
是主觀地相信，
對方也會有一顆善待自己的心，
但其實他可能對你從來沒有太多認真。

只是，你每晚還是會奢想，
那個不會真正注視你的人，
有天會用你的心情去著想、
相信自己終於會感動到他……
但在那天來到之前，
你又用了多少時光來說服自己；
又可有想過，如果將心比心，
他應該早就明白你的委屈，
而為甚麼你還是只得到這種結果。

第 26 夜

有些人，越是靠近，越是會感覺孤單。

你看著他，他看著你，
明明你們就在對方面前，
但你感覺不到在一起的感覺。

從前你以為，
一個人去練習一個人，
是最孤單的事情；
但如今你身邊有著一個人相伴，
卻像是兩個人各自練習如何一個人。
你們會一起去笑、
去附和迎合對方的說話，
可是你始終不覺得輕鬆自在。

你知道的，你們之間的步伐，
總有著微妙的差錯；
他知道的，你們之間的節奏，
其實就只有著表面的和諧……

而你們都心知肚明。
只是你們沒有人願意首先拆穿，
繼續客氣地答謝、問好，
用微笑來代替說話；
旁人或許還會誤以為，
你們充滿默契、是最相襯的一對，
卻不明白，你們各自的笑臉，
其實是越來越不相似。

你們依然在一起、繼續一起，
只是沒有讓彼此變成最相像的兩個人，
就是如此而已。

第 27 夜

你是我最熟悉的陌生人，
而我永遠都會是你的朋友，
一位不會再見面的朋友。

你不在我的身邊，
但是你的一切，
還是會繼續佔據著我的生活。

旁人偶爾會問起你的事情，
我每次都總是要裝出笑臉，
自然地回答，我最近沒有見你。
你最近似乎很忙，
即使昨天晚上，還是看見你在臉書說，
想約人吃飯，想去哪裡暢遊。

每次在街上看到你喜歡的東西，
還是會習慣先用手機拍下來，
想要傳給你看，
但是打開訊息欄，
看到上一次傳你的短訊，
你都沒有回覆半句，
而再再上一次、再再再上一次也是這樣，

漸漸我都不敢再傳你甚麼，
怕會造成你的煩擾，
怕再收到你的已讀不回，
又或原來其實是不讀不回。
只是，當我在臉書看到有趣的新聞、
在 Instagram 見到有意思的圖，
想 tag 其他朋友的時候，
手機總是先顯示出你的名字，
似是要提醒我不要忘了你，
還是提醒我你已經忘了我⋯⋯
你的相片，都不可能會出現我的笑臉，
我的相片，都不會再得到你的讚好，
但臉書還是依然會每天重播，
一年前、兩年前、三年前的我們，
曾經一起合照、無聊、吵鬧、親近，
曾經那麼關心、珍惜過對方，
一起認真過努力過瘋癲過，
有過多少只有你才會明白的默契，
與你一同建立了很多很多，
別人不可能取代得了的回憶與情誼。

但不知為何，去到後來，
我原本熟悉的你，卻漸漸地越來越疏遠，
你的事情，我開始插不上嘴，
我的煩惱，開始不再需要得到你的注意⋯⋯
然後，來到這天，
你的一切都已經再與我沒有半點關係，

即使我仍然會記得，
你以前曾經跟我分享過的糗事，
我跟你分享過多少秘密，
我們都知道對方很多的故事，
如此親近，如今又這樣疏遠；
恍如一個陌生人，
卻又比起完全不認識的陌生人，
有著太多不解與冰冷，無奈與嘆息⋯⋯
有多少次，想給你一個留言，
想給你一個問候的短訊，
最後還是鼓不起勇氣，
將已經輸入了的語句，重新變回空白無痕，
卻刪除不了心裡的鬱結；
又有多少次，聽到了訊號聲，
收到了臉書的通知提示，
忍不住奢想會不會是你，
然後，最後，還是一再落空，
還是再一次為自己埋下更多惆悵⋯⋯

其實，在我們之間，
並沒有甚麼重要的事情發生過，
也許就只是我一個人想得太多，
又也許，是我們都在等對方主動更多？
每次當我這樣想、努力地說服自己，
去傳你一句最簡單的問好、節日祝福，
然後總是換到你的冷淡、你的不回覆⋯⋯

我都會取笑自己，

也許，真的是我一個人想得太多，

你其實真的已經不再在乎，

又或者應該說，不是你不在乎，

只是你身邊已經不再有著我可以出現的位置。

你不是刻意忽略我，

而是你沒有更多可以理會我的時間與力氣，

我不應該勉強你回應，

更不應該去打擾你更多。

就算偶爾，你會突然給我一個讚好，

我都會去解釋，你讚好的是我分享的趣聞，

而不是想給我一點關注；

我只是碰巧被演算法安排出現在你的臉書裡，

我只是碰巧被命運安排路過你的世界……

雖然你的一切，

還是會佔據著我的生活。

你不在我的身邊，但每次談起你，

我都會想起那首歌，

想起曾經許願要友誼永固，

都會想起，曾經有過這一位某某。

第 28 夜

就算再如何想念，以後也是不會再遇到那一個，
從前最喜歡的人，不會再重來的你。

偶爾會想，
如果你不來找我，
我為甚麼還要去等你。

偶爾會想，
你都已經不會再在乎我，
我為甚麼還要為你想那麼多。

偶爾會想，
都已經過了那麼多個夜深，
為甚麼還在想著你會不會回覆，
那個已讀不回的短訊。

偶爾會想，
如果你對我並沒有太多認真，
為甚麼還要裝作喜歡，
那一份其實並不是送給我的禮物。

偶爾會想，

那時候有過的溫柔，有過的笑臉，

其實是不是只是你一時的逢場作戲，

還是原來就只是我一個人，入戲太深。

偶爾會想，

別人都勸我不要再理會你，

但為何我始終聽不進那些道理，

為何還只會想，再聽到你的一句肯定說話。

偶爾會想，

再這樣亂想下去，

是不是就會讓思念變得更淡，

還是只會讓心底那根刺，變得更加深刻。

偶爾會想，

如果我們真的不會再見，

那麼再沉迷再執著，也是不會出現奇蹟，

再幼稚再成熟再心灰再冷靜，你也是不會知道。

偶爾會想，

如果與你真的不會有結果，

那這份思念，是否就應該早點放棄，

但放棄了，我是否就會可以重新開始。

偶爾會想，

如果從來沒有遇上你，

我是不是就會遇到不同的人，

是否也會發生同一樣的故事，一樣的無奈。

偶爾會想，

嗯……真的想得太多了。

真的，別要再想了。

偶爾，

一個人走在街上，

聽到某一首歌，看到某人的身影，

我都會想，不要再想了。

很想將你的存在，

從我的想念裡完全抹去，

很想將你的一切，

從此變得不再重要……

那麼，以後，

當我閉起雙眼，

當我看到了那抹夕陽，

當我有天醒來，

以為終於可以放下誰了，

到時候，我應該可以笑得自在一點，

到時候，我應該可以再繼續好好想念，

想念曾經有一個，路過我生命的你……

就算，

你已經不會再在我的身邊。

就算再如何想念，

以後也是不會再遇到那一個，

從前最喜歡的人，不會再重來的你。

第 29 夜

你並沒有想像中那麼重要。

有些難過是，
你以為自己很重要，
但其實對他來說，
你並沒有想像中那麼重要，
他也沒有你想像中那麼認真。
就是如此而已。

就是會讓人這麼難以釋懷而已。

其實沒甚麼值得難過。
就只不過是，你變得不再重要；
就只不過是，你以為自己在他的心裡，
是有多麼重要、不可代替。

然後你將他，
放在太高的位置去仰望、思念；
沒上限的放下底線，
為對方著想更多、奢想太多，

一而再地妥協、退讓，
將自己的尊嚴燃燒殆盡……

然後，你最後才發現，
原來就只是自己高估了，
他的認真，還有彼此的情深。

也許，
你不過是想求得他的認真，
即使一次半次也好，
是不甘心，是為了爭一口氣；
又也許，
是你以為和他的故事尚未完結，
入戲太深，也不願清醒，
卻沒想過，其實早就已經完結，
其實從來，都沒有真正開始。

第 30 夜

已讀不回，
是你所給予他的專利。

有些人的短訊，
你永遠都不會錯過。
有些人的已讀不回，
你不會再有半點生氣。

然後，你偶爾已讀不回他的短訊，
他生你的氣一整個晚上。
但如果他錯過你的重要短訊，
他責怪你為甚麼不再重發一遍。

然後，你忍不住問他當你是甚麼人。
然後，他又再次已讀不回，
繼續錯過你的生氣與苦笑。

有些人，
就算你不主動去找，
但到了夜深人靜，
他還是會主動來找你。

然後當你第二天醒來，
才知道自己還是未能忘記。

然後當你拿起手機，
你還是等不到他的短訊，
還是不敢再去主動打擾更多。

有些人，
每天都會和你短訊，
但可以突然不再回覆一句，
就像世上從此沒了這個人。

然後，過了一段日子，
你們已經很久沒見，
他又會突然傳你短訊談天，
猶如從來沒有疏遠過一樣。

然後，每一次他的出現或離開，
都會讓你惶然失措。
想問清楚原因，想知道他對你的想法，
可惜到你鼓起勇氣，
他又已經失去了蹤影，
剩下你繼續追問自己，是不是做錯了甚麼。

第 31 夜

有些人，並不能夠擁抱，
最後卻讓你學到了如何放手。

即使最初，
你本來是多想抓緊這一個人，
但他還是繼續走他要走的路，
沒有為你停留、卻留下多少問號與難過，
讓你每天醒來，都會問自己做錯了甚麼，
或每晚失眠，都不清楚明天的路向。

直到那天，
你終於鼓起勇氣振作，
你回看他留下的那些苦痛。
其實要不要讓它們傷害，
是自己可以去選擇；
你放不下、看不開，
也許是因為你不捨得、
是那些事情真的太過難忘，
又或者你是沒有勇氣，
再重新開始去愛與被愛。

你害怕再被別人拒絕自己的溫柔。
但一直怕、不肯放手，
人是始終不能夠成長……
你並不是不知道的，
只是你之前沒有讓自己張開雙眼，
寧願繼續去追，
那已經不再溫暖的餘光而已。

第 32 夜

就算說過千言萬語，也無法讓我更加靠近你。

有些人就算說過千言萬語，
也無法讓彼此更靠近。
有些人卻只需要三言兩語，
就能夠一起勇往直前。

有些人無論如何在乎，
最後還是未能成為普通朋友。
有些人縱使離得再遠，
但還是會覺得就在自己身邊。

有些人你認為很重要，
只是對方卻未必覺得你重要。
有些人平時不常見面，
但你會放心對他講出心底話。

有些人每天總是很忙，
說要見面但最後總是不再見。
有些人也是真的很忙，
卻可以為了見你而擠出時間。

有些人看到你的困倦，
只是他不想去理會你的事情。
有些人不明白你的苦，
但他願意靜靜傾聽你的煩惱。

有些人漸漸變得陌生，
你也不想再為對方主動更多。
有些人如果不再主動，
你知道自己以後一定會後悔。

有些人也許真的難忘，
但只適合放在心裡偶爾思念。
有些人如果真的重要，
為甚麼還要再吝惜你的溫柔……

也許……
總有些人，會突然走進你的生命，
卻不會陪你一起走下去。

總有些人，會一直活在你的心裡，
但你們以後都不會再見。

總有些人，你以為不重要，
但過後卻總是會念念不忘，
會想著，將來可不可能再見。

總有些人，
在你們沒有再見的這些年月裡，
其實你已經找過他數百千次；
只是他不會發現，就只有你在回憶裡，
繼續尋找那一個想念的身影而已。

總有些人，
曾經相依相守，
但後來你們還是會錯過了對方，
不能再一起實現那些未來，
就只能在對方手心的生命線裡，
留下短暫而深刻的痕跡。

總有些人，
再不捨，還是不會見面，
再遺憾，也是不會忘記。
寧願偶爾問好、偶爾疏遠，
提醒彼此有過的曾經、
還有不可再次的結局，
在不同的世界裡，一起讓回憶變老。

● 有些人，縱使離得再遠，還是會覺得就在自己身邊。

第 33 夜

聽說，離開一個人，
比起繼續堅持要更輕易。

其實你知道的，
如果一個人的心裡，
始終都沒有你的位置，
再努力再堅持更多，
也只會事倍功半，甚至徒勞無功。

但你還是不敢確認，
他是不是真的對你無情。
如果真的無情，
為甚麼他偶爾會對你過分溫柔；
如果真的有意，
為甚麼他總是會對你愛理不理……
想得多了、問得太多，
你開始為自己想更多藉口，
他不是不著緊你，
只是他有著你所不知道的苦衷吧？
他不是不喜歡你，
只是他對你的喜歡，還不是太過認真……
但如果不認真，
又值得為這樣的喜歡而等待下去嗎？

但如果放棄了，

又會不會就此錯過這一個難得遇上的人……

你都開始習慣，

為他的種種無理去想更多理由，

然後又再欺騙自己，

其實他很著緊你、在乎你，

卻始終不敢去跟他確認、去說個明白，

一邊為他的不確定而想得更多更多，

一邊為自己和他的距離越來越遠而嘆息；

但其實，答案你是早已清楚知道，

只是你未必想承認、敢去面對。

很多人都說，轉身離開，

比起繼續堅持要更輕易；

但每天醒來，

你還是找不到離開的勇氣與決心，

還是不捨得以後都不要再見……

有些人，有些關係，

你其實知道應該放棄。

只是每天醒來，你還是會問自己，

是不是應該繼續這樣下去，

是不是應該守候，那一個你最在乎的人。

　　● 有些人，有些關係，你其實知道應該放棄。

第 34 夜

就算你明知道，
一切也只是你的一廂情願。

他問，
為甚麼你可以待他這麼好。

為了他，你可以不眠不休，
只為完成他的生日禮物。
為了他，你可以徹夜排隊十數小時，
只為買到他想聽的演唱會門票。
他有心事，你都會靜靜傾聽，
他有煩惱，你都會幫他解決。
他與朋友不和，你會嘗試幫他們和好，
他被別人傷害，你會不說一句替他出頭，
他喜歡了別人，你會在他身邊打氣，
他不再來找你，你會安靜的不去打擾……

偶爾他會問，
為甚麼你可以待他這麼好，
每次你都只是笑笑，
說大家朋友一場，

又何必太認真，何必說甚麼太好，
只要他覺得開心，就已經足夠。

漸漸，你會在他又再問你之前，
不著跡地轉移他的視線、將話題帶過，
甚至偶爾會對他壞一點，
捉弄他、取笑他一些他不會在意的事情。
就像一個認識很深的好友、
但也可以無所不談的損友，
不想他覺得對你有任何虧欠，
不想他終於會對你的好，感到厭煩。

然後，漸漸，
他也不會再問，你為甚麼這麼好，
就只有你在自己心裡這樣問，
為甚麼要繼續如此下去……

其實，真的，
你對他的好，本來就很平常，
並沒有因為他而變得特別珍貴，
也沒有因為你，而變得更加感動。
反正沒有你，
還是會有其他人對他好，或更好；
反正沒有他，
還是會有另一個人出現，

會讓你如此心甘情願，

去待他好，並不求半點回報……

只是在那個人出現之前，

你就已經先遇上他，

只是你待他再好，

他也不是會留在你身邊的人……

就是這麼平常，就是如此而已。

第35夜

假使我們當初能夠坦誠一點，
如今又怎會落得這下場。

或許你並不想，
令彼此的關係弄得太僵，
不想曾經親近的兩個人，
莫名地變成如今的不聞不問，
甚至將來的不相往還。

幾經掙扎，你終於鼓起勇氣，
在節日的時候、在對方的生日，
你傳了一個祝福短訊給對方；
其實你知道，有些心結，
不是短短一個短訊就能夠化解，
但你不想因為說得太多，
讓對方以為自己還會太在乎；
也不想將自己的心意過度透露，
給對方有機會直接拒絕，令自己太難堪⋯⋯
於是最後，或因此，
你用簡短的文字或圖案，
掩飾應該要表達的說話與心情，

然後換到對方簡短的道謝，
又甚至是，沒有回覆。

後來，
你們再繼續如之前般，不聞不問。
彷彿沒有人在乎，自己也從來未曾認真，
但有多少無奈、矛盾、可笑，
其實你心知肚明；
也許，這種事情不會再有下次⋯⋯
又也許，彼此能夠坦誠或乾脆一點，
如今又怎會落得這下場。

第 36 夜

只是偶爾，還是會想跟你說聲晚安。

有時候，
會突然好想念一個人。

想跟他說聲晚安，
想對他，好好說一聲再見。
但想歸想，
還是不會撥出電話，
不會傳出那一個晚安短訊。

其實都已經跟他不再往來，
但還是會想。
就算過去多少年，
就算已經有多少天，
沒有再為他的消息而失神，
只是偶爾，
還是會想起這一個人。
想完了，再對空氣說聲晚安，
想累了，惟有盼望明天醒來，
不會再記得，這晚有過的苦笑。

● 有時候，會突然好想念一個人。想對他，好好說一聲再見。

第 37 夜

有些人可以說散就散，
只是你不可以說忘就忘。

有些人，說散就散。

明明，昨天還很親密，
但今天，就已經不想再見；
明明，已經一起經歷過很多很多，
但以後，他一點都不想再提。

你想了很多很多，
想知道是自己做錯了甚麼、說錯了甚麼，
才會讓他如此討厭你，
讓他對你的一切，都變得不感興趣。
但無論你如何想，
你也不會確切知道答案，
因為他已經不會再讓你走近、
不會再和你交心，
他最後留給你的皺眉與冷漠，
反而成為了你每夜的夢魘……

是自己真的不值得被重視，
是自己真的不夠好嗎，
如果，能夠讓你不再犯同一樣的錯，
如果，能夠早一點把握機會，
去好好留住他、讓他更清楚你的心意，
那這天，你們會不會仍在一起，
是不是就不會讓他對你生厭、
不會把你丟在不想再見的角落裡……

還是其實，最後還是會一樣，
他會跟你走近，或許只是因為一時寂寞，
你與他的親密，原來都不過是一時錯覺；
或許，你再好或不好，
都不是他心目中想要尋找的人。
或許，你再如何讓他喜歡，
都不能讓他忘記某一個人的身影……
或許，他從來都沒有太多認真，
或許，他並不是有心讓你受到傷害，
或許，或許……
但再多的或許，
也不能換到他的一點確定，或心軟。

那些有過的溫柔與笑臉，
來到這天彷彿已經遙不可及，
都只是一場虛幻；

如今他的離開與不再連繫，
才是最真切確實的一個結局，
只是也讓你最難去面對而已⋯⋯

旁人說，
你不值得再為了他如此傷神；
是的，你知道真的不值得，
但知道，並不等於就可以立刻去接受。
他可以說散就散，
但你卻不可以說忘就忘⋯⋯

這一切都來得太快，也變得太冷，
而你昨天還想，
如果以後可以繼續一起，
那就已經心滿意足；
可惜他給過你最美好的曾經，
最後留給你最刺痛的結尾，
你想放下、想忘記，
只是，你又如何捨得。

第 38 夜

不要往來，其實就已經是最好的再見。

有些人，真的不要再見。

再見，還是不會再變回從前，
再見，他的臉上仍是只有那抹冷然。
有些事情，
原來真的永遠都不會改變，
就好像，你對他的想念，
就好像，他最後對你的冷漠絕情，
每次當你想起念及，
都依然會帶來刺痛，
都依然會讓你忍不住問，
為甚麼最後，你們會變成這樣，
不再往來，不再熟悉。

有時你會想，
如果你們從來都沒有親近、
從來都沒有認識，
他這個陌生人，對你又怎會有如斯影響，
怎可能留給你太多不可磨滅的回憶；

有時你又會想，
如果他從來沒有對你溫柔、
從來都沒有太多默契，
那麼，就算之後再陌生再疏遠，
你應該也不會有太大感觸，
不會再因為他的生日，而睡不入眠，
也不會再因為某個沒完成的承諾，
而耿耿於懷、取笑自己……

是的，
依然會耿耿於懷的人，
如今就只剩下你自己一個，
他已經走得很遠很遠，
為何你還不懂得放過自己，
為何你還會為著那年那月可能錯過的運氣，
而有太多惋惜與不捨……

他已經不再是，
你從前熟悉的他，
你曾經最喜歡的他。
又或許，這才是本來的他，
一個不願意與人親近、
一個不想再對你微笑的他，
其實都是他，都是真正的他；
只是這一個他，

每次想起，都會讓你感到刺痛，
就算再經過幾多個春秋，
你都會記得，他那天的絕情，
就算再等十年、甚至一百年，
你還是不會等到他的溫柔，
不可能再與他一起到老白頭……

其實，再見又有何意義。
再見，就只可以抒解一點思念，
卻喚醒更多應該放下的殘酷；
再見，就只不過是再給自己一次機會，
看清楚他的拒人千里，
看清楚自己的卑微可笑。

再見……
是為了想再有一次機會，
好好地對那一個曾經一起同行的人，
說一聲再見，留一個完滿的結尾，
讓大家之後都可以重新開始；
可惜的是，對方未必會想再見，
又或者，對他來說，
不要往來，就已經是最好的再見……

如果這些年月，他都沒有想過要跟你再見，
那麼以後，就繼續不要再見。

其實，你早已明白他的這點心理，
早已經清楚，以後的一百年，
也是不可能再與他親近如昔，
不會得到他的諒解與後悔；
你明白的。

但偶爾，你還是會想，
有一天可以跟他再見，
有一次可以好好地跟他說再見，
然後讓自己可以再好好地懷念，
曾經在你身旁的那張笑臉……

就是如此而已。

第 39 夜

再親近，到頭來，
我也只是你的陌生人。

有些人，到頭來，
也只會是一個陌生人。

就算曾經有多親近，
就算你早已經認定，
對方是你這一生最重要的人……
但這些曾經，
不能改變你們如今的隔閡，
那點認真、在乎，
也不能夠讓他明白你的想法、你的無奈。
說不見，就不再見，
說不想再談，就以後都不讀不回。

彷彿那些一起建立過的默契，
都不過是一場虛幻，
彷彿，你一直以為最了解的他，
原來都只是你的一廂情願，
都只是你一個人幻想得太多，

幻想，你和他是如此知心，
幻想，他對你也是如此了解……

但其實甚麼都不是。

如果他真的了解，
為甚麼他一再說著傷害你的話，
如果他真的在乎，
為甚麼可以不再理會你的苦笑。
你再如何笑著解釋，
也會惹來他的厭惡，
你勸自己別再打擾，
他反而更樂得清靜……
再熱情，也只會換來更多冷漠，
再堅持，也只會得到無盡的厭棄。

然後只能看著，
與他的距離越來越遠、
甚至不再往來連接；
然後有天，
你偶然看見他與別人的合照，
他臉上的那抹笑容，
是如此熟悉，也是如此陌生……
他已經不會再對你這樣笑得開懷，
而你所祈求的，其實就只是如此卑微。

你問自己，為甚麼還要如此在乎，
為甚麼還不可以放過自己，
這一個人已經離得很遠很遠，
沒有你，他可以笑得更加燦爛，
沒有他，你的世界還是繼續運轉；
那又何必因為他的冷漠，
而要繼續追問自己做錯了甚麼，
又何必因為如今的不再往來，
還要執迷哪天才可以親近如昔，
可以重新認識……

其實，他就只是一個陌生人，
一個不會再見、也不應再見的過客。
其實你是很清楚明白。
只是，你還是會對這一個人，
留有太多思念、太多記掛……
以後不會再有另一個人，
可以讓你如此執迷不悟；
以後，從今以後，
你心裡就只會有這一個陌生人，
這一個不會再見的陌生人。

● 從今以後，你心裡就只會有這一個陌生人，這一個不會再見的陌生人。

第 40 夜

如果到最後，我們還是會不再往來。

如果到最後，

我們之間，就只剩下掛念……

如果到最後，

不能再去找你，

不能夠再像從前一樣，

想你的時候，就給你短訊，

想見你的時候，就給你一個邀約的電話，

想看到你笑，就喚你的名字，

想著你，默默守在你的身邊……

如果到最後，

不會再像從前一樣，

那麼親近，又那般默契；

已經不是最喜歡，我留在你的身旁，

已經都不可能，再回到從前，

又或者應該說，

就只會回到我們從未認識之前，

那一個從前。

那時候，你是你、我是我，

你怎會因為我這個人而停留，
我怎會因為你的笑臉而失神；
到如今，你還是你、我還是我，
就算再不捨，你還是會有離開的時候，
再快樂，我們還是不會成為一對……

如果到最後，
你身邊還是會有其他的人，
我原來就只是，你生命裡其中一位過客；
如果到最後，
你會找到真正屬於你的幸福，
有天我也會學懂看開，
甚至能夠感謝可以與你相遇過。
即使最後不能夠開花結果，
但至少我們有過最難忘的快樂。
至少在以後，
還能夠聽著你喜歡的歌，
到一起看過海的角落，
好好地掛念下去……

用掛念來代替，
那一句始終未有說出口的，
再見，再見。

● 即使最後不能夠開花結果，但至少我們有過最難忘的快樂。

第41夜

再傳千個短訊，也不可再走到你的身邊。

那天，你開啟手機，
看著螢幕，看了很久很久，
終於鼓起勇氣，
傳短訊向對方問一聲好，
說說自己的近況。
你等了一段時間，
由已讀、等到輸入中，
終於收到對方回應，
只有一聲哦、一個嗯，
沒有其他，簡單易明，
卻讓你消沉了一整個晚上。

其實你只是想找他聊天，
為甚麼卻會換來，
一種不再被他重視的感覺。
你叫自己不要亂想太多，
只是他卻早你一步離線遠走。
不要再這樣下去，別要再委屈自己，
你看著螢幕，對自己這樣說；
只是你還是不捨得，移開目光。

其實……
與其虛假地笑著問好，不如寧願不要再連繫；
你的問好短訊，得不到他的回應，
但其實沒有回應，就已經是一種回應，
提醒你，某些往昔是不可再次。

曾經，你們是每天都在對方身旁，
曾經，你和他是多麼快樂；
但你知道，這些事情其實已經過去了。
就算再提起再記念，
也不可能會再回到從前。
所以與其繼續，
和對方用臉書或在手機重新連接，
而最後也只會淪為臉書上的朋友，
平時就只會「生日快樂」、「謝謝」等交往；
那不如不要保持，
這種表面親切、但實際空虛的連接，
乾脆一點，隨著時間遠去，
慢慢的淡下來，慢慢的，
讓彼此之間連接的線磨蝕斷裂，
不會再見，不要再見，
那樣可能會更好。

其實沒有回應，就已經是一種回應。

第 42 夜

你還記得嗎，是從何時養成，
伴著手機一起入睡的習慣？

要睡了，
但你不會關上手機，
是一種習慣吧，
又或許，只是為了一份安心。

你還記得那個凌晨，
忽然收到了他的來電。
明明應該要睡了，
但你卻不覺得疲累，
只希望話題不會太快完結，
只希望他不會嫌你悶，
可以將這點運氣延續下去，
到下一個夜深，到更遠更遠。

曾經你是有多麼期待，
對方臨睡前的「晚安」、
偶爾的一句「明天見」、
還有第二天醒來所收到的「早安」。

當看見對方在差不多的時間，
為自己送上同一樣的句子，
就會感到心滿意足。
就是從那時候開始，
你總是會將手機放在枕邊，
伴自己入睡。
是一種習慣，還是不想自己錯過甚麼，
你自己都分不清楚。

只知道，有多少個凌晨，
它都沒有再震動過；
只記得，已經有多少年，
你們再沒有見過對方一面，
連一次都沒有。

● 將手機放在枕邊，伴自己入睡。是一種習慣，還是不想自己錯過甚麼。

第 43 夜

願忘記，又想起你。

「可不可以不要在我就快忘記你的時候，
才又再想起我，才又讓我看見你的消息？」

你喜歡了他好多年，
但是他一直都對你愛理不理。

由最初單戀時的痴心、
似乎有過曖昧時的不安、
原來只是自己想得太多的無奈、
看見他與別人一起時的痛心、
失眠過多少晚上的鬱悶、
到漸漸終於可以看開的淡然，
他雖然未必知道或在乎，
但是你為這一個人已經投放過太多情感。

然後，你依然願意繼續去做他的朋友，
一個一年只會見面一兩次的普通朋友，
一個生日時不會收到短訊祝賀、
就只會已讀不回自己短訊的普通朋友。

然後，之後，

這樣的普通朋友關係，維持了好多年，

你都開始看化了，安慰自己說，

做朋友也是要講緣分，

有些人可以成為知己，

有些人有時會走得很近，

有些人只可遠觀不可強求，

有些人就只不過是一個過客……

但想不到，

當你都快要忘記喜歡他的那些感覺，

當自己真的開始，

把他當作一個老朋友來看待的時候，

他卻在某個一起散步的夜晚，

問你，可不可以在一起。

最初你實在反應不過來，

不相信自己竟然有這種運氣，

不相信，繞了一圈，

等了這些年，

他竟然也會喜歡自己。

他看見你沒有反應，

以為你不答應，

於是說了一聲對不起；

你連忙解釋，你不是不想，
只是沒有想過他會這樣問……
於是那天晚上，
你也對他表明隱藏了多年的心跡，
兩個人就正式一起了。

但好景不常，
一起了一個月後，
他對你說要分開了，
因為他還未放得下，之前的另一半。
那時你才明白，
原來當初他只是想要有一個人陪伴，
而自己剛巧在他的身邊，
於是才可以填補那個空缺、
暫時成為某一個人的替身而已。
原來是這樣。

他對你說抱歉，
但也沒有再講更多安慰的說話，
就只是表明，你們仍然是朋友，
但你卻知道，
自己與他已經不會再是之前的那一種普通朋友，
在你們之間，以後都會有這一個疙瘩存在，
即使他未必在意，
但你卻無法再裝作視而不見。

雖然一起的時間並不長久，
但你是多麼認真地投入過感情，
也為彼此的將來編織了太多美夢，
原來這一切都只不過是一場玩笑；
笑過了，就繼續被捨棄遺忘，
而你卻無法擺脫，那嚴重的失落感，
每一晚都是哭著入睡，
第二天也總是哭著夢醒。

如果不曾一起，
原本你還可以裝作如常，
去和他繼續做好朋友，
但如今失去的，並不只是一段愛情，
還有一直努力維繫的友情。

隨著他又再次回復對自己的已讀不回、
隨著與他漸漸又不再見、他又有新的另一半，
你知道，再說友情，
也不過是自欺欺人，
也不過是繼續讓自己放不下，
其實從來不屬於自己的人。

你對自己說，是應該放下了。
雖然這樣的願望，其實是有多麼卑微。

然後，你去了很多地方旅行，
你做過不少義工幫助有需要的人，
你重新去找尋一份自己真正喜歡的工作，
你更關心這個世界正在發生的事情，
你也學懂珍惜自己的家人與朋友，
然後有天，你忽然接到了他的訊息，
問你，最近有沒有空，
想不想一起吃一次飯。

你呆了兩秒鐘，然後翻開他的臉書，
你已經有很久沒有看他的臉書；
原來，他上星期跟另一半分手了，
他在上面說，
如今才發現誰才是真正重要的人……
是誰呢，是自己嗎？
你不敢多想，
但是他的訊息卻繼續傳來，
問你的近況如何，問甚麼時間你會方便一點；
最後你心軟了，回答了他的短訊，
再去見這一個，
已經有兩年沒有見面的朋友。

重新交往以後，
你們又回復了以前未一起時的情況。
偶爾見面，不會短訊，

只是見面的時候，
會多了一點情侶間的親近；
沒有牽手，但會擁抱，
不會交換禮物，但會一起同床。
你不明白，自己和他算甚麼關係，
其實你心裡清楚，
這樣的關係，又有多少認真，
還會有多少認真……
你都沒有權利過問，
他和甚麼人在交往、他為何沒有回覆自己；
他也不會關心，
你近來的生活近況，你生病了有沒有看醫生。
雖然他會聽你的說話，但總是不會好好記住，
到下一次見面時你才向他提起，
才發現原來他從來沒有留心在意過。

漸漸，你對他越來越心灰意冷，
或者自己是可以繼續裝傻下去，
在他身上貪多一點歡愉溫柔，
但你知道，他的心裡，
不會有留給自己的位置，
再怎麼努力，也是不會改變。
於是你漸漸不再接聽他的電話，
不再回應甚至不再已讀他的短訊，
不要再見面，也不要有任何機會與他碰面，

你希望藉著這些暗示，
來告訴他不要再來找你，
不要再這樣地，不明不白下去。

最初，你沒有回覆，
他還是繼續傳來短訊，
還是會繼續致電給你；
但過了幾天，手機沒有再響起他的鈴聲，
他也沒有再用任何方法找過你，
你知道，他是打算放棄了。
真的如你所預期，
他不會對自己有太多著緊，
只要不去理會他、他白討沒趣，
他就會輕易地放棄自己，
就會再找別人來填補那個位置。
只要不主動與他碰面，
他也是不會用其他方法來尋回自己……

你終於成功了，不要再與這個人糾纏，
只是藏在心底裡多年的那些失落感，
又再一次蔓延起來而已。
但不緊要，你安慰自己，
兜兜轉轉，反反覆覆，
自己還是一個人走到來這一天了，
再怎麼難過，你知道日子還是會過；

再怎麼難忘，明天醒來，
又會有更多新的事物等著自己……

然後，來到這夜，
你無意中打開臉書，
看見很久沒有更新的他，
對朋友公布要結婚了。
你有點恍然，又想苦笑，
打開他的訊息匣，
看見他的個人照片裡，
放了他與未婚妻的合照，
那個人，原來是他的初戀另一半。
原來真正重要的人，並不是自己，
而是他一直沒有放下的初戀情人……

你呼了口氣，收起手機，
不要再讓自己看下去；
但手機卻在這時卻響起了聲音，
你翻開來看，見到他傳了訊息給自己，
問你，近來好嗎，
有沒有空見一見面，
他有重要的事情要告訴你，
希望你會回覆……

你看著這個訊息，
想裝作看不見，
但是已讀的提示，已經不能再收回；
想裝作不知道他的婚訊，
但是電腦螢幕仍是打開著他的臉書……
想提醒自己，不應該再糾纏下去了，
但是這晚終於等到他再次來尋找自己；
想合上眼甚麼都不要想，
但是看著天花板，始終沒有一點睡意。

然後，最後，
還是又再想起，最初認識的時候，
他臉上有過的那一抹笑容。

第 44 夜

你繼續在線，他繼續不在意。

有多少次，
你打開手機，回覆短訊，
然後看著某一個人，
是否也在線，而有太多在意。

不知道從何時開始，
你開始會有這一個習慣，
看到他在線，你會不捨得移開目光，
看到他離線，你會讓自己嘆息苦笑。

偶爾，手機響起訊號鈴聲，
你會奢想是他突然想起你、來向你問好；
然後在試過太多次的失望，
你暗笑自己的太傻，
逐漸又變得開始習慣，
自己其實不會再收到他短訊的這一個事實。
你卻依然會保留這一個習慣，
看著螢幕，看著往昔有過的短訊，
那些曾經的關心、默契、親密與夜深，

想起，
以前只要看到對方在線，
就一定會傳一個笑臉符號過去，
縱然本來沒有甚麼事情值得去細說，
但你們還是一再的笑過聊過多少個凌晨，
只要收到他的回覆，你就已經無比滿足；
縱然，你們都不是對方的誰，
但在那些來往不斷的問候與關心之間，
你們卻一起編織過多少理想、承諾，
相信能夠永遠結伴、走到未來⋯⋯

縱然最後，如今，
你們變得不再親近、不再熟悉，
由已讀不回，漸漸變成不讀不回，
甚至，你再也看不見他的在線狀態，
再也不能夠傳送訊息給他⋯⋯
其實你知道，
那時候，你們會突然走得很近、
會無所不談、會成為知心好友，
也許只不過是因為，你們都感到寂寞，
而對方碰巧能夠為你停留，
去填補那一個空缺而已。
但可以相遇，不等於會從此相守，
可以相近，不等於也真的相配，
可以相知，也不等於就會得到對方的喜歡與認真⋯⋯

其實你是知道的，
但你還是曾經認真地希冀，
有天可以和他變成真正的知心好友。
可惜到最後，你們還是越走越遠，
他不再主動問好、回覆你、理會你；
於是你也只好成熟地裝作淡然，
不再問、不再有任何打擾，
不要讓他或任何人知道，
你曾經對他有過如斯的認真……
就只會偶爾拿著手機，
打開訊息匣，茫然回望，
為甚麼最後會變成這樣、
自己是不是真的做錯了甚麼；
然後，用他不會看見的在線狀態，
來表達你的思念，來延續你對這一個人，
仍然有太多在意……

就算以後，
都不會有人念記這段曾經，
就算繼續在線下去，
也是不會再換到他的半點在意。

那時候，你們會突然走得很近，也許只不過是因為，你們都感到寂寞。

第 45 夜

最令人無奈的，不是他已讀不回，
而是仍然看著手機螢幕、執迷不悟的那一個自己。

他已讀不回，你從不會追問；
他不讀不回，你假裝不介意。

有多少次，
你等到你們終於可以碰面，
等到他似乎願意和你談下去，
你才敢去重提，
那些曾經被他已讀不回的說話。

但又有多少次，
你未必等到和他見面的機會，
未必可以等到，他再次記起你這一個人。

你一個人，對他有過太多期望，
然後又會怪自己期望太多；
你一個人，對他有過哪些失望，
然後又會問自己，有甚麼資格失望……
然後，你仍是只有一個人，

反覆為這些有過的情緒與難過相對，
徘徊不前，找不到釋懷的方向，
也不敢對別人分享你有過的這些感受。
不敢亦不可能讓他知道，
你為了得不到他的笑臉，
而有過太多苦笑，太多嘆息。

其實你真的好想讓他知道這一切，
有多少次，
你在短訊裡寫了又刪、刪了又寫，
寫到你不能好好安睡，
刪到你又再看見明日的晨曦……

只是，每當你又再看見，
對上一個訊息、
你所發出的笑臉符號，
他給你的已讀不回、
甚至只有不讀不回，
你還是放棄了。
不要再讓自己跟他說下去，
不要再去勉強他裝作忙碌、
裝作忘了回應你；
也不要再勉強自己，
繼續追看他何時回覆，
繼續反問自己，還要委屈自己到甚麼時候……

其實讓你最無奈的，
並不是他一再的已讀不回，
而是仍然執迷不悟、
繼續看著手機螢幕的那一個自己。
你知道自己應該要下定決心放開，
但你卻有太多不捨得的藉口，
你知道自己將來很可能會後悔，
但你卻不想自己現在會留有遺憾……

其實你都知道的。
於是，你只好嘗試去學習，
假裝不再介意他的沒有回覆，
假裝自己不會再為他的事情，
而有過太多煩心。
並不是因為，你真的看開了，
你真的體諒他有多麼忙碌、
忙碌到他可以不再對你有太多尊重，
而是，你真的怕了，
怕為了一個不屬於自己的人，
而有太多難受、而睡不入眠。

你就只是一個平凡人，
不值得擁有這些委屈難過，
不值得去為一個不會回覆的人，
而有太多感慨……

如果從一開始，
你就沒有得到被回覆的資格，
那為甚麼不可以乾脆一點放棄，
為甚麼還要再按下那張笑臉符號，
最後反而讓自己，開不了心。

你知道自己將來很可能會後悔，但你卻不想自己現在會留有遺憾……

第46夜

後來終於學會，
寧願再等一會，才去回覆你的短訊。

以前，每次收到他的短訊，
你都會忍不住在幾秒鐘內，
立即回覆。

那時候，彷彿有說不完的話題，
彷彿有無盡的新鮮趣味，
等著你們去發掘，去一同體會。
他這天碰見了哪些有趣事，
你會第一時間知道；
你昨晚做過甚麼無聊的夢，
他總是第一個聽眾。
後來回看那些事情，
其實並不是真的那麼有意思，
但你們就是想第一時間馬上告訴對方，
就是想，在手機這個細小的螢幕裡，
與對方變得更加同步，
即使不能見面，
但彷彿能感受得到他的笑意，
即使不在身邊，
但彷彿會伴你走遍整個世界……

每天晚上，你都懷著這一點希冀，

去接收他的笑臉，去回覆你的關注，

一點一點，漸漸你會不捨得，

遲了半秒回覆、讓他等得無聊；

漸漸，你們都習慣了這種節奏，

一秒、兩秒、三秒，

收到訊息、輸入中、傳送。

有多少次，因為輸入得太快，

打錯了字、弄了不少笑話，

有多少夜，因為談得太愉快，

不捨去睡、寧願不去休息，

結果拿著手機一整夜，

連做夢都想著，要快點回覆……

然後第二天一睜開眼，

你立即傳他一聲早安，

不一會，他又立即回你笑臉了；

那一種默契、如此確定的安全感，

你有多麼慶幸，自己竟然可以嚐到，

有多麼高興，有一個人願意陪你這麼傻。

但那時候的幸運，

如今是不可能再重來。

漸漸，他不會再秒覆。

漸漸，你們之間，

少了笑臉，少了問候。
他沒有表現得抗拒你，
只是你察覺得到，他不會再主動靠近。
你問他一句，他回答一句，
你不再傳送，他也不會再問多半句……
回覆得再快，也追不回他的熱度，
輸入得再多，也找不回他的認真……

漸漸，你不會再傳他笑臉，
因為你害怕，他之後就會不再回覆。
漸漸，你不想收到他的表情符號，
因為你知道，他之後又會再離線不回……
漸漸，你開始叫自己習慣，
這一種漸行漸遠的節奏；
即使曾經有多少個晚上，
你守著他的在線時間，
卻始終等不到他的回覆……
即使有多少次，你夢醒過來，
忍不住打開手機螢幕，竟然看見他在線，
但是他始終沒有傳你任何短訊，
然後，最後，
你一整晚看著你們的對話框，
再也無法入睡……

但你還是努力地跟自己說，
不要再主動打擾，

別再對他有太多糾纏。
他只是一個已經疏遠的人，
並不是你的誰，
他沒有義務要立即回覆你的短訊，
更別說他也從來沒有承諾過，
要為你做些甚麼；
你們就只是一對普通朋友，
你就只是他其中一個，
曾經談得來的朋友……

就算曾經對這一個人，
有過太多希冀、有過太遙遠的夢，
就算如今對這一個誰，
依然念念不忘、依然會感到遺憾，
但再執迷下去，
最後委屈的又會是誰；
再掛念下去，再想多少個春秋，
最後忘不了放不下的，又可會是誰……

後來你不會，
再讓自己守著他的在線時間，
後來你終於學會，
如果有天真的可以收到他的短訊，
不要再秒回秒讀，
不如再等一會、再多一會，
才去回覆他的單字。

當中相差的，
也許只是短短十數秒，
也許他最後也不會察覺。
但在這十數秒裡，
有過多少忍耐、掙扎、
但在那些年月夜裡，
曾經嘗試過多少苦澀、淡然、看開、沉溺，
那種度日如年的等待滋味，
又怎麼能夠在訊息裡說得清楚……

然後，你讓自己按下了笑臉，
嘗試在螢幕裡，
表現得自在、從容不迫，
沒有念念不忘，沒有任何怨懟，
也嘗試讓他記起，
曾經最快樂的那一個你，
曾經最靠近彼此的你們。
然後，他也回你笑臉，
沒有再多說一句，悄然離線。

最後還是跟從前一樣。
最後你們還是以笑臉，來代替說再見。

第 47 夜

或許，我們曾經都很在乎對方，
只是我們在乎對方的時間並不一樣，
以後，也不會再相同。

來到這夜，
你終於忍不住問我，
為甚麼這些年來總是對你如此冷淡。

我心裡覺得有點好笑，怎麼直到現在，
你才會察覺到我的刻意冷淡。
連我都幾乎快忘記了，
自己曾經因為你的無視忽略，
而有過多少心淡難受，
才會終於忍不住用同樣冷淡的態度，
來回應你、報復你、
也期望你會對自己，有多一點在意。

然後，你還是沒有察覺我的轉變，
然後，我在那些刻意裝冷淡的日子裡，
嘗到更多心灰意冷、也終於學會了對你真正心淡；
然後，隨時日遠去，
我以為再不會有人在乎，

這一份似有還無的情誼，
心裡有點可惜，但也不會再念記。
然後，經過那些秋冬，
來到這夜，你竟然會來問自己，
到底還當不當你是朋友，
到底你做錯了甚麼，才要被我如此冷淡對待⋯⋯

我心裡苦笑了，
但臉上還是依然保持著淡然。
是已經習慣了嗎，還是因為，
就算如今再說清楚、再問明白，
再透露太多在乎，再說更多曾經，
又有甚麼意思？

一切都已經遲了，
你太遲才後悔，也太遲才察覺，
對一個人長期有心或無意的冷淡，
會造成有多深的傷害。
我們也太遲才發現，
如果當時早一點有勇氣，
去問清楚、去說明白，
後來的發展會不會變得不再一樣⋯⋯

至少還可以像最初一樣，
對你率真自然地笑，

至少還可以，假裝自然地說一個謊，
說你是想得太多了，說我們還是依然友好；
而不像如今這樣，
不想再說明多半句，
不想在不對的時間裡，
再一次面對曾經卑微的自己。

第48夜

你 已 經 比 別 人 快 樂 ， 為 甚 麼 你 還 要 不 快 樂 。

有些困倦，

不是因為痛苦比快樂多，

而是始終沒有人明白，

一直在困擾著你的那些痛苦。

快樂也好、痛苦也好，

還是需要得到別人的理解與接受，

一樣需要得到應有的注視與關懷……

但他說你已經比別人快樂，

你應該要樂觀一點、開心一些，

不應該太執著於那些不快樂的事情；

漸漸你放棄再去解釋，

不想打擾別人、也不想被別人打擾，

只要可以繼續純然地裝出笑臉，就已經足夠。

漸漸，就算你有多不開心，

也不敢再對別人傾訴。

因為你越來越害怕，自己一時的坦白，

會換來更多誤解與標籤，

然後讓自己更加開不了心。

即使大家都說，

不開心，應該要跟別人分享，

但請緊記，一個真正用心待你的人，

可以讓你內心的苦澀轉化成甘露；

一個自以為了解、沒有同理心的人，

卻可以將你的所有溫柔都弄得一塌糊塗，

然後讓你一個人繼續承受，

甚至怪責你，竟然不明白他對你的好，

怪責你，為甚麼要不開心……

後來，你不會再輕易對別人抱有期望。

不是因為害怕失望，

而是不想別人對你有所期望，

然後感到失望，最後反而離你而去。

後來，你不會為陌生人的一句話，而太過在意。

但你還是會對他隨便的一句話，

在意太多，甚至變得不快樂。

旁人都說不值得。

但這並不是值不值得的問題，

而是你的不快樂，始終也得不到他的正視，

他的理解與溫柔……

唉。

快樂也好、痛苦也好，一樣需要得到應有的注視與關懷……

第49夜

有些不開心，並不是做了一些開心的事情，
就能夠抵消得了。

旁人越是覺得，

你這天應該很高興，你就越難對別人訴說，

其實你心裡是有多麼不快樂。

旁人都說，不開心，

就做一些事情，讓自己開心一點吧。

但開心一點，不等於那點不開心的原因，

會自動消失。

於是，你與那點不開心繼續相對。

旁人問，你之前明明那麼開心，

為甚麼如今還要一臉不痛快。

你笑了笑，告訴他，

你沒有不開心，只是有點累了而已。

即使你也真的知道，

有些不開心，其實真的不值一提。

即使，那些在無人夜裡有過的鬱結，

早已被你沉澱、埋藏起來，
就算你想重提，也不知應該從何說起，
或是再沒有挖開瘡疤的力氣……
於是你最後還是選擇，
不要說，就讓自己一笑帶過。

只是你還是會為那點不開心，
感到太過沉重。
然後又會一再追問自己，
為甚麼還要對那些不值得的人和事，
太過認真。

為甚麼來到這天，還是會覺得不快樂。

● 開心一點，不等於那點不開心的原因，會自動消失。

第50夜

我們都擅長，用彷彿正面的態度，
來假裝忘記自己為甚麼不開心。

不開心的事情，就不要想太多，
反正於事無補，也沒人會在乎，
不如正面一點吧，不如笑多一點吧。

然後漸漸會彷彿忘記，
自己不開心的真正原因。
只是灰暗的情緒，有時會繼續累積，
並不可以說忘就忘而已。

然後某天，有人問你，
為甚麼你會不開心，
你想回答，卻不知道應該從何說起⋯⋯

想到最後，你還是回了一個笑臉符號，
盼自己不用再為那點情緒，想得更多。

有時你或會想，
再怎樣不快樂都好，

也是你自己一個人的事。
但你還是會怕，
如果別人知道你不快樂，
就不會想再理會或接近你，
彷彿你的不快樂，對別人來說是一種打擾；
於是，就算你有多不快樂，
也寧願不要讓別人知道，
寧願帶著笑臉去安慰對方，
即使讓你不快樂的，其實就是那一個人。

然後，有甚麼人或甚麼事，
你都開始習慣說一聲算了，
也不想再讓自己太過在意，太過無奈。
不開心，不要再反覆記著，
太難過，去做一些事情散散心吧。
很快就會忘記了的，
很快就會有新的煩惱，
來代替眼前的這點鬱結……

只是有多少次，
明明對他說過算了，
但來到這天，還是未能就此算了……
明明說已經忘了，
但來到這夜，那些苦與樂，
為何還是會記得太清楚……

曾經你以為，那一句「算了」，
是最後的一次失望；
那一聲「忘了」，是自己最灑脫的一次。

然而，隨著與他漸行漸遠，
那一聲算了、忘了，
反而變成了內心中的結，
算不清、忘不了⋯⋯
原來不是你真的看得很淡、
可以看透看化，
而是你嘗試過太多的失望，
讓你終於變得心死，用彷彿正面的態度，
來掩飾自己不得不放棄而已⋯⋯

其實並不是真的想就此算了，
只是如今，都已不能夠從頭再算。

第51夜

不快樂，並不是一項罪名。

你知道，
不快樂，本來並不是罪；
你也不是刻意讓自己變得不快樂。
但為何，
你還是會覺得自己不對，
然後，最後，
首先道歉的人，還是你自己。

你不快樂，
找不到快樂的方法，
於是你一再說著對不起，
不是為了你自己，
而是怕自己的不快樂，
影響了別人的好心情。
到最後，你還是快樂不起來，
但至少，大家都可以繼續微笑下去。

後來，每次當你真的感到累了，
就算感到無比的委屈或生氣，

都不會再呼氣或嘆息，
甚至學會保持如常、繼續微笑；
並不是因為害怕，
會引起別人的注意、會打擾別人，
而是你終於明白，
就算再消沉再困累更多，
也不會得到那誰的關心在意。

倒不如，不要再嘆氣。
倒不如，叫自己要更加堅強。

但其實，你不用假裝堅強，
不用太理會別人的取笑，
你只需要好好照顧你自己，
不要讓世界的冷漠來改變你、
來消磨你僅餘的溫柔。

你好不好，就只需要對自己負責。
他好不好，也是已經與你無關了。

第52夜

再多的安慰或讚好，
也換不到半晚安睡。

你說，你累了。

有多少次，在無人看見的路上，
在沒有人認識的陌生網絡裡，
你說過這一句話，敲打過一樣的鍵碼。
其實你知道，這一句說話，
說了，沒有人會在乎，
就只會隨空氣而逐點消逝，
或是被更多的文字與相片掩沒，
說了，只會於事無補。
但這天，你還是對自己說了一遍，
你累了，真的累了。
是因為，你太想逃離某一種情緒，
不想再這樣下去，
卻不知道，自己還可以逃到哪裡？
還是，你其實已經累了很久很久，
為了追到某些人與事，你已經竭盡所能，
為了忘記某些苦與痛，你已經力竭筋疲……

也許，累多一點、累少半天，
對你來說，其實已經沒有太多分別，
說一聲累了，
不過是想讓自己有多一點，
仍然活著、還在與現實對抗著的感覺；
說一聲累了，
原來是希望自己終於可以好好地休息，
不要再為那些看不見的悲傷與鬱結，
而又再失眠……

說一聲累了，
不是為了期望某個在意的人會有多點在乎，
而是叫自己再次練習，
不要對那些不會再見面的人有太多希冀；
說一聲累了，
其實是想給自己一個機會，
去安慰自己、替自己打打氣，
是想自己可以任性一次，
不要再勉強朝著一個看不見、
或不可能達到的目標，
去努力、去繼續向前、
去裝出一個自己也不喜歡的笑臉……

如果可以，請容許在這一個高度停下來，
躲一會兒、逃避半天、或一個星期，

不要急著要你去改變甚麼、或改變自己，

不要急著去批評你的軟弱、或要你堅強……

不要跟你說，

你的累其實沒有甚麼特別，

有多少人也比你受過更多的苦，

原來就只是你這個人吃不得苦……

不要跟你說，

你只是想去吸引他的注意、不過是在強說愁，

你已經累了太久太久，

你其實已經比很多人幸福得太多，

你其實應該要好好珍惜這份福氣，

這一份可以說累了的福氣……

你說，你累了。

偶爾你好想逃，離開這一種情緒。

只是你不知道，應該逃往哪裡去，

只是你太清楚，自己不能夠逃走。

然後我說，別要想太多，

明天醒來，一切都會變好的；

你微微笑了一下，

不再說話，彷彿給我一個正面的回應，

但笑臉之後，有多少夜深，

你還是獨自與漫長的失眠共處，

有多少清晨，還是無法感受得到醒來的美好……

你說，你累了，
也知道需要好好休息，
只是再多的安慰或讚好，
始終換不到半晚安睡；
再困倦再嘆息，
還是無法讓心裡想掩埋的那點悲傷，
可以從此得到平息。

第 53 夜

聽說，別人都說，
你終於復原了，真好。

你很累，向別人傾訴，
但沒有人願意認真細聽。
然後累到一個程度，
你不想再說話，
別人反而以為你終於復原了。

然後對你說，
早就跟你說了，
不要太執著，自然就會變好。
然後你笑了笑，
不想再說話，也不想再反應。

漸漸，當你感到很累，
但你不會再對人說出來。

何必為了尋求別人理解，
然後，讓自己變得更累，
最後，還是只有自己面對。

只是，累到一個地步，
覺得快撐不下去了，
你還是好想跟某個人訴訴苦，
好想有一個人，
可以聽聽你的說話，
可以對你說，他也明白你的感受。

但沒有這一個人。
不是沒有人，只是沒有這一個人。

有人對你說，
累了，那就早點休息；
有人向你提議，
開心一點，就不會再累了。

只是，你也很想休息，
很想去開心，
只是有一種累，
就算再放更長的假期，還是未可抵消。

你的累，並不是因為這天有過多少辛勞，
而是你知道，這一種累，
明天還是會繼續下去，
也不會得到那人的明白與溫柔。

那又何必再說出來，

得到更多於事無補的安慰，

然後，最後，

還是只剩下自己繼續與這種疲累相對；

然後，最後，

再累積更多的累，也彷彿不再重要。

● 好想有一個人，可以對你說，他也明白你的感受。

第54夜

也許你會找我，只是因為，
剛好我就在你的身邊而已。

他不開心，會來找你。
他想開心，會來找你。

他需要支持安慰，會來找你。
他想有一個人關心陪伴，會來找你。

他有感情煩惱，會來找你。
他想聽喜歡的意見分析，會來找你。

他想吐苦水，會來找你。
他找不到別人聽他的苦水，會來找你。

他想放棄的時候，會來找你。
他想有人支持他不要放棄的時候，會來找你。

他被人拋棄，會來找你。
他不想被人拋棄，會來找你。

他不好受，會來找你。
他被別人已讀不回，會來找你。

他得不到誰的安慰，會來找你。
他找不到讓他釋懷的人，會來找你。

他想抱怨，會來找你。
他想有人無條件接收他的抱怨，會來找你。

他睡不著，會來找你。
他想有一個人陪他入睡，會來找你。

他心灰意冷，會來找你。
他想有人逗他笑，會來找你。

他想有一個人愛，會來找你。
他原來只想有一個人陪伴，會來找你。

他得不到想要的感情，會來找你。
他想有人暫時接收自己的感情，會來找你。

他忘不了，會來找你。
他想有人陪他回憶沉溺，會來找你。

他需要意見，會來找你。
他想有人附和他的想法，會來找你。

他想講電話，會來找你。
他想有人立即接聽他的電話，會來找你。

他需要散心，會來找你。
他只需要散心但不需要交心，會來找你。

他想有人幫他轉達他的不開心，會來找你。
他想某人知道他不缺人關心，會來找你。

他想有人理會他的感受，會來找你。
他不想再理會別人的感受，會來找你。

他最徬徨的時候，會來找你。
他想重新振作，會來找你。

他需要打氣，會來找你。
他要開心，會來找你……

然後，有天，
他終於看開了，
終於得到想要的感情，
終於重新被愛，
終於可以開心，
然後，從那天開始，
他漸漸不再找你，沒再找你……

而你還留在原地，

默默地等他下一次再來找你，

默默地等，

甚麼時候自己才可以看開一點，

開心一點；

甚麼時候自己才可以別要再等，

別要再為他又一次來找你，

而有太多期待，太多感慨。

　●　別要再為他又一次來找你，而有太多期待，太多感慨。

第55夜

我的快樂或悲傷，
其實與你再沒有半點關係。

來到這天，
我與你又怎會有太多關係。

你新認識的朋友，
你最近喜歡的歌曲，
你到過哪間餐廳打卡、
你在哪個海角留下蹤跡，
又怎會與我再有關係。

我再怎麼刻意躲避、
不要打開手機與臉書，
我再怎麼避開所有朋友、
不要再聽到半點你的近況，
又怎會與你有任何關係。

雖然打開手機，
依然有著你的笑臉符號；
被鎖起的抽屜裡，

尚藏著你送的那份小禮物。
你的喜好你的口味，
這天還是繼續改變我的習慣；
說過要一起去的旅行，
仍然寫在我一年後的行事曆裡⋯⋯

但這些，又與你有甚麼關係，
如今又怎有資格去問，你的關注。

旁人都說，
真的，你已經與我再沒有任何關係；
你是你，我是我，
你的一切，我何必上心，
何必有太多的關注。

我是應該可以自由的，
是應該好好過自己的生活，
應該值得羨慕，
值得再去過更好的生活、好日子。

但誰能回答我，
或給我一個肯定，
這些好日子，是我真的想過嗎？
這些自由，真的那麼值得羨慕嗎？

如果我真的仍是我，
那為甚麼每天醒來，
還是會感到沉重的失落感；
如果你是已經與我再無關係，
為甚麼你的相片、你的更新，
都會依然牽扯我的情緒。

就算再刻意麻木、淡然，
再怎麼不去想、不去想著如何忘記，
但看著鏡子裡的那一張臉，
還是不能不承認，
這一個我，不再是以前的我，
你像帶走了某一部分的我……
當然這不是真的，你也不可能會承認，
因為你根本沒有從我那處帶走太多，
又或者應該說，
你不想有任何我在你生命裡出現的痕跡；
在你的世界，
依然是完整的你、獨立的你、
原本的你、沒有我的你，
你又怎會再與我有半點關係……

禮物的心意，也許是多出來的，
而不是刻意送給我。
短訊的笑臉，不過是客套的禮貌，

而沒有蘊藏太多意思。
喜好與口味，沒想過要與人去分享，
就只是我自己想得太多。
到天涯海角，原來只是想有人去陪伴，
卻不是一定要與我去旅行……

你喜歡著誰，你喜歡過誰，
你喜歡了誰，你喜歡想誰，
從來都與我沒有關係，
都與我再沒有半點關係。

我與你喜歡過的那些歌，
我們曾經一起認識的朋友，
我帶你去過的那些餐廳小店，
我伴你一起看過的夕陽與晚霞，
又怎會與我再有關係……

其實，
不是你與我再無關係，
而是我與你再無關係，
但你依然可以輕易打亂我的生活，
改寫一切秩序，波動我的情緒，
而我明明知道你是無心，
而我也不會讓你有半點察覺。

旁人怪我，
為甚麼會變得如此軟弱卑微，
我想笑，卻再沒有力氣去假裝更加堅強。

你是你，我是我，
但如果要分得如此清楚，
才可以繼續前行、才可以過好日子，
那麼當初又何必認識，
又何必要有過，這些難以忘記的過程。

你是你，我是我，
我的快樂或悲傷，與你再沒有半點關係。
只是你的事情，彷彿仍然與我有太多關連，
而我沒有資格去問、去改變……
你依然是你，我只可是我，
就是如此而已。

每天醒來，
我都會感到一種強烈的無力感。
打開螢幕，打開臉書，
很多事情都彷彿仍然與自己有關，
但是自己真正能夠控制的，卻沒有太多。
多想簡單的說一句，
你是你，我是我，
何必再去執著再去煩惱再去抑鬱，

多想可以從此將你的臉書關掉，
看不見，就與我再無關係。
我是值得再過更好的生活，
是應該好好過日子……
你看，天空那麼亮麗無瑕，
世界很美，只因再沒有你。

● 這個我，不再是以前的我，你像帶走了某一部分的我……

第56夜

你 的 認 真 沒 有 錯 ，
只 是 他 不 適 合 擁 有 你 的 認 真 。

你對他那麼認真，
他卻給你最冷淡的回應，
到後來甚至已讀不回、已聽不回，
彷彿從來沒有認識。

你一直以為，
錯就錯在自己對他太認真，
如果不那麼在乎、執著，
現在就不會耗盡所有力氣，
彷彿一敗塗地、無力挽回，
想回到那個從未認識他的以前，
不要再遇見，不要再沉迷。

但其實，
你的認真沒有錯，
只是他從來都不適合擁有你的認真。
你繼續傾注更多的心血，
盼望得到他的認可他的拯救，

卻不記得，

你不需要一個過客來認可自己，

就只需要為自己的人生好好負責；

你不需要一個不會認真的人來拯救自己，

就只需要好好守護你自己的善良，

別再讓他的不認真改變你的認真，

還有對人的善良。

第57夜

只是還是會怕，
那一種孤軍作戰的感覺。

主動久了會累，
但更累的是，你主動了太多太多，
自己仍然是在孤軍奮戰，
明知這段關係早應該完了，
你還是不知道應該如何放手。

你不介意再為對方主動更多，
只是你實在害怕孤軍作戰的感覺，
那種感覺總會讓你覺得，
你們這段關係就快完了，
而他都不會有半點在乎⋯⋯

而你也只可以裝作一樣毫不在乎。

其實你很清楚知道，
在他心裡，你沒有自己所希望的那麼重要。
但你依然把自己看得很重要，
為的只是希望繼續留下來，

等他有天發現你的重要，
還有你的認真。

後來你回看，
這樣的自己是有多麼的傻，
太卑躬屈膝，
卻依然換不到他一點認可。
你決定，
不要再把他看得那麼重要，
刻意忽略無視他的一切，
告訴自己、他不重要，
自己的感受才更需要重視。

後來你成功了，
只是當天被完全無視的孤單無助，
偶爾還是會侵蝕你的面具，
提醒你這天為何還要對他過分關注。
即使你不記恨，
但你依然記得曾經有過的卑微，
你不求他對你做些甚麼，
但你還是會期望可以得到他的認真。

● 主動久了會累，但更累的是，你主動了太多太多。

第 58 夜

總有一天，我會寧願默默去追蹤你，
也不要再出現在你的面前。

如果有天，
我不再追蹤你的臉書、
你的 Instagram、與你有關的所有事情……

明天醒來，我應該會變得比現在好一點吧，
不會再因為等你的一個讚好，
而忘了時間，
不會再為了沒有得到你的回覆，
而睡不入眠；
不會因為不能夠再追蹤你的私人帳號，
而漸漸變得歇斯底里，
不會為了借朋友的帳號來看你的更新，
而在別人面前變得卑微可笑……
不會因為一再被你忽略無視，
而藏下更多灰心鬱結，
不會為了想得到你的一點認同，
而將底線降到無可再低。

不再追蹤你，
才發現天空原來可以如此遼闊，
才記得自己還擁有很多珍貴的事物；
不再接近你，
才可以將你與我之間的關係看得更清楚，
才明白有些事情其實是不可以勉強……

如果是不可能互相喜歡，
為甚麼要裝作做一對朋友，
如果本來真的是朋友，
為甚麼就只有單方面的關注，
如果是曾經認真過，
為甚麼如今得不到一點兒尊重，
如果是真的重要，
為甚麼始終會被人拒於千里之外……

其實從一開始，
都不是你的責任，不是你不好，
應該怪我自己太過認真。

其實，我只是有一點喜歡你，
想得到你的一點喜歡，如此而已，
而我是明明清楚知道，
不可以勉強、也不可能發生……

所以才會寧願，不去靠近太多，
只敢在你看不見的螢幕另一端，
偷偷追蹤你的更新；
然後盼你有天會回望這個角落，
然後，在始終等不到你回望的節日裡，
看著你與別人的合照、你的笑臉，
想按讚好、想留愛心、
想說點甚麼，
下一秒又叫自己不要再亂想、
不要去打擾、不要再如此下去⋯⋯

然後，有多少個晚上，
都是如此一個人在糾結，
反而變得更加討厭自己⋯⋯
但明明最初的原意，
是想得到你的一點喜歡與在乎，
為甚麼經過了那些等待與守候、
在執著與看開之間一再徘徊，
所學得到的，並不是更成熟的智慧，
而是變得比從前更加軟弱。

太多的思念，
反而換來更多不安的情緒，
越來越看不清楚其他的出路；
然後，漸漸覺得自己沒有任何優點，

191

最後，連自己都不再相信，
還有半點可得到你喜歡的價值……

直到某天醒來，
我又再滑著手機，追看你的更新，
卻忽然覺得，真的夠了，
不要再如此下去了。

就算再貼近守候，
還是不會得到微笑與欣賞，
就算哪天默默消失，
還是不會換到任何察覺與在意；
那又何必一個人再演這一場獨角戲，
對著螢幕失神心痛惘然不忿苦笑抱怨太多，
入戲太深，把自己都欺騙，
以為就真的只因為你、就只有你。
但其實身邊還有很多值得去認真留住的人，
不一定是真的只有你一個，
不一定真的要得到你在乎……

與其讓自己變得更難看，
不如乾脆一點，按下取消追蹤的鍵，
不要再關注下去、再委屈自己更多，
至少可以放過自己，
至少，可以再重新開始？

然後，我鼓起勇氣，

按下了鍵。

我告訴自己，我應該可以放下了。

只是下一秒開始，卻又感到一點點失落，

一種自欺欺人的無力感，

在心底裡靜靜地擴散。

然後我又想起，曾經有誰這樣說過：

想遠離一個朋友，

其實無需用上「絕交」這兩字，

只要不聯繫，只要不見面，

兩個本來走在不同路上的人，

有天總會自動變做陌生的路人……

取消追蹤，其實就跟絕交一樣，

就算不再追蹤，

腦海裡還是仍然會記得你的帳號名字，

或是你的 ID。

只要去搜尋，

還是可以看到你的近況，你的笑臉

還是會為你與他的合照，而惘然太多，

然後又再一次忘了時間……

而我其實是已經重覆了多少次，

這樣一個人的離開、再暗地追蹤的戲分，

只是那些時候，沒有「取消追蹤」這個按鍵，

只是去到最後，你還是完全沒有半點察覺，
繼續朝著你的未來自由飛翔。

取消追蹤，
不等於可以重新開始，
也不等於可以學會善忘。
來回折返，
也許是不想讓自己變得更可笑，
又也許不過是想留給自己一點力氣，
等有天醒來終於願意去接受、或學會釋懷⋯⋯

你與我，以後都不會再有交集。
這一段平行線，
在我寧願默默去追蹤你之前，
其實早就已經無疾而終。

● 太多的思念，反而換來更多不安的情緒。

第59夜

當心淡到無可再淡，
以後就不會再為任何人，白費了自己。

有些事情，

無論你有多努力、投入，

付出更多更多，

但最後還是會變成一場白費。

你知道，你再苦，

也是無法與他扯上任何關係。

就算有多痛多累，

就算如何被一再拒絕、冷落、忽視，

你將底線降得再低，

你再等、再忍、再堅持，

最後可能也只是會得到他的已讀不回，

又或是愛理不理的冷笑。

你付出了所有力氣，

然後又讓對方完全白費你的心血，

你等得再久，他也是一律不會過問。

你每夜看著手機，

等待他在線、看著他離線，

等他回覆你的早安、

再看著他何時才會已讀不回，

想生氣，也無從入手，
因為他根本不會知道。

偶爾你會以為，他如此待你，
是因為自己是一個特別的存在，
雖然你自欺得再多，也是會心灰意冷，
可有時你又會催眠自己，
如果離開了他，還是會一樣如此疲累，
那不如是為了這一個自己真正喜歡的人耗盡所有，
至少也是自己選擇，
至少還會心甘情願……

但其實，這只不過又是再一次，單方面地降低了底線。
你欺騙自己，你們的關係已經跌到谷底，
他應該不會再對你更差了，
偏偏對方可以在你一再下降的底線之下，
對你再差一點點，令你又再心灰更多，讓你哭笑不得。
也許你還會相信，原來一切都尚未到盡頭，
也許自己再忍耐多一點點，
再努力更多一些，再撐多一星期，
自己就會可以感動到他，他就會懂得珍惜自己；
但當你某天冷靜回頭，
這個人其實就只是一直都在白費你的心血，
你再犧牲更多、卑微更多更多，
他也是不會知道自己的不該，

甚至不會換到他的一句對不起，
然後還會逃避面對你、厭棄你一切的好，
而你又是真的希望得到這結果嗎？

有些人不希望得到這結果，
於是會努力叫自己清醒、別再執迷，
應該要好好愛自己了，
應該要重新振作自己，
你的好、你的笑臉，
並不值得被一個不對的人繼續浪費。
但有些人會寧願繼續執迷下去，
不要清醒、不要回頭審視他的不對，
就只願他會偶爾理會一下自己，
就只願繼續讓自己處於這個卑微的位置，
讓他盡情地浪費自己的所有力氣⋯⋯

你又會選擇這樣下去嗎，
是他真的值得去浪費你的一切，
還是你只想盡情去浪費這最後一次，
直到某天你走過了那個冷酷異境，
你心淡到無可再淡，
以後就不會再為任何人白費你的時光。

第60夜

我知道你很忙，
也知道，你其實對我沒有太多在乎。

你很忙，
沒時間回應我，
所以我從來不敢找你，
只等你來找我。

我很忙，
但你每次來找我，
我都會馬上回應你，
不敢有半點怠慢。

然後我漸漸會想，
我的忙，跟你的忙，
是不是有甚麼不同；
是不是你的忙真的較重要，
是不是我這個人，其實並不重要。

說到底，有些忙碌，
其實只是用來敷衍我的藉口而已。

你很忙，
其實我真的明白，也應該要繼續體諒……
只是我始終未能釋懷，
忙到最後，你忘了我的存在，
原來你還是對我沒有太多在乎。

第 61 夜

有時還是會害怕，原來只是自己入戲太深。

就算再不捨得，
也是只會給他浪費。
就算繼續守候，
還是不會換到奇蹟。

也許你的執著，
只是一場自欺欺人，
以為只要得到他的珍惜，
你就可以變得釋懷……

但原來他一再的徹底無視，
一再將你陷進谷底的泥沼，
你才會開始明白、
或終於願意接受，
有些事情，最後真的只會徒勞無功……

你越是不捨得，
他越是不在乎，
你的付出，
原來只可以成就他的浪費。

即使再繼續貪戀，

那些不屬於你的溫柔，

即使再得到更多，

他偶爾才會給你的同情，

也是不會讓你得到重生……

到最後，最懂得珍惜你的人，

還是只有你自己，

最懂得讓你一再沉淪的人，

也是只有你自己。

你的喜怒哀樂，你的未來，

與他沒有半點關係；

他又怎可能承認，他的一句說話，

可以支配了你的情緒，甚至人生？

其實就只不過是，

你仍然太想和他繼續藕斷絲連，

不捨得離開放手；

其實就只不過是，

有一個人仍然不想去清醒、去承認，

原來就只有自己一個人入戲太深……

那是比過去所有過的苦，還要難過的澀。

第 62 夜

其實你不重要，
只是我用了太多時間來證明你的不重要。

後來，你終於學會，
不再去主動找他，
不是因為他不重要；
而是你不想讓他知道，他依然很重要。

其實對他來說，你根本不重要。
這是事實，你也早已經太清楚。

只是你不想因為找他，
而再次提醒自己這個事實；
然後在他面前，變得更加卑微而已。

其實他真的不重要，
只是你用了太多時間，
來說明他的不重要，
來反證他依然太重要。

其實真的無謂，
其實就只是你想得太多。

你想要的，他從來沒有承諾過，
你得不到的，也只是他情你願，
他沒有虧欠過你甚麼，
你也沒有權利，去求他甚麼⋯⋯
但你依然想不開，
依然會每隔一段時間，
在以為快要忘記他的時候，
又再想起他，然後又再默默懷念他⋯⋯

也許，他真的並不重要。
只是偶爾還是會遺憾，
在那年那月，錯過了甚麼，
沒有在他的生命裡，留下一絲虧欠，
也沒法得到他，任何懷念的位置。

第 63 夜

重新相信一個人，很難；
但乾脆地轉身離開，有時也不容易。

你說，已經很累了，
一次又一次，
你相信他，他卻一再傷害你……
然後你吃止痛藥、為自己療傷，
然後，你嘗試再學習去相信、交心，
然後，最後，
又再被別人傷害……

已經重複了很多次，
已經等過了多少年。
對你來說，最困難的，
就是在最心灰意冷的時候，
如何才可以對別人保留信心，
不要對重要的人、重要的事情失去熱情；
最困難的，還有，
如何才可以對一個不應該再相信的人，
抱有太多的奢想與寄望……

明明你知道，應該要放手，
明明有多少次，你跟自己說過，
不可以再繼續下去，不會再有下次的了；
但你仍在心裡留下一個位置，
給這個可能不會再見的人。
偶爾反問自己，還要相信他嗎？
偶爾提醒自己，已經完了，
無論你再怎麼放不開也好，
就只剩下你一個人，
在夜裡獨自回望，在人海裡唏噓……

然後有天，朋友勸慰你，
就算再失意也好，也不要不再相信別人，
不要對自己與未來失去信心；
你想笑，想裝作正能量地說一聲好，
但是不知為何，
你還是會想起那一個人，
曾經傷你最深、你最相信的誰……

曾經你相信，
只要可以繼續和他走下去，
只要彼此不離棄、一起經歷學習成長，
最後一定會找到屬於你們的幸福。
只可惜，你無法再擁抱他的尖刺，
他最後還是離你而去。

以後，你心裡對幸福的憧憬，

從此失落了一角。

即使你其實知道，所謂幸福，

並不是只限於愛情，

並不是只限於這一個人；

只要你願意重新起步，

只要你願意再相信自己、還有未來的他，

你還是可能會找到其他的幸福。

但來到這夜，

你的眼裡還是藏著這一個人，

一個不會再見的誰……

寧願相信，不會再有重新去相信的機會，

寧願自欺，以後可能不會再找到想要的幸福，

一切都已經走到盡頭……

這不是因為你的一往情深，

而是你真的已經很累很累，

不想又再欺騙自己再多一次。

只要你願意再相信自己、還有未來的他，你還是可能會找到其他的幸福。

第 64 夜

再 感 動 他 千 次 萬 次 ，
也 及 不 上 那 誰 的 一 聲 問 好 。

從前你喜歡的，
都是對你好、會讓你感動的人。
但如今你最牽掛的，卻未必再是這樣的人。

不是因為你改變了、不懂得珍惜，
你依然珍惜每一個對你好的人，
依然會為每一次感動的幸運與福氣，
心存感恩。

只是你如今開始明白，
並不是對方有多少的好，
自己就會去喜歡那一個人。
有時候，就算對方再好，
你也不願意跟他在一起，
就算對方並不介意，
你還是始終不願意委屈自己……
有時候就算做得再好、
讓對方再感動，

最後還是未必能夠，
令對方心甘情願地跟你一起……

所以，就算有多少人待你好，
你還是不會有太多的牽掛；
所以，就算有些人不會再見，
你還是會讓自己一再回望。

再感動千次萬次，
原來也及不上那誰的一聲問好。

● 從前你喜歡的，都是對你好的人；但如今你最牽掛的，卻未必再是這樣的人。

第 65 夜

在他心裡，有一個更喜歡的人，
剛好這樣，如此而已。

如果他喜歡你，
就算你不夠成熟，他也會試著去了解。
如果他不喜歡你，
就算你變得更完美，他也會找到你的不對。
彷彿你做對甚麼，他都認為是錯誤。
你做錯甚麼，他都會立即判你極刑。
是因為你不夠好嗎，
還是因為，你不是他想要的人⋯⋯

其實你知道，太在意他的看法，
不會讓他更明白你，
反而會令你自己更勞累。
問題並不在於，
你好不好、做得夠不夠好，
而是他對你沒有太多喜歡，
在他心裡有更多喜歡的人，
他也沒有自己所想像的，那麼喜歡你。
而你的錯、你的未能配合，

只不過提早他發現了這個事實，
原來他不是真的那麼喜歡你，
喜歡到可以甚麼都不計較，
可以義無反顧地與你走下去……
剛好這樣，如此而已。

你再執著、付出更多，
他還是不會看得見，
就只會回應別人的說話，
然後又會讓你自己更看不開。
到最後，你為他花光所有力氣，
他還是只會對你感到厭煩。
而你原本是有多麼希望，
可以和他互相喜歡，
一同成長、變老；
但如今你的喜歡，變成一種糾纏，
他的冷漠，變成扎在你心裡的刺。
而他卻是可以隨時捨你而去，
你卻繼續想得到他的在意，
讓他的冷漠忽略偏見討厭，
為你的世界填上更灰暗的色彩……
那又何必。

● 如今你的喜歡，變成一種糾纏，他的冷漠，變成扎在你心裡的刺。

第66夜

有時最怕，不是忘不了，
而是以為已經忘記，但其實仍在回憶裡徘徊。

原本以為，
已經可以將你忘記了。
原本以為。

那天，我還是如常的起床，
去洗臉，去吃早餐。
然後在餐廳裡，
聽到背後有一下輕笑聲，
有點像你，又有一點不肯定，
我連忙轉頭，同時間又怕真的是你⋯⋯
想不到，只不過是我聽錯了，
我所看到的，是一個陌生人，
但在腦海裡，已經再次被你完全佔據。

其實，已經過去很久很久了，
為甚麼還是不可以，
將你從我的生命裡完全割捨。
反正，沒有你，

世界還是如常運作，
沒有我，你過得比從前更加快樂。

我只能裝作如常，
裝作跟你一樣，從來沒有太多認真，
裝作比你大方，繼續去做你的朋友，
一個不會再聯絡的朋友。
裝作，我可以笑著對你祝福，
那些曾經有過的快樂笑臉、
那幾千百則短訊裡有過的約定，
我都裝作沒有空再翻閱，
沒有半點緬懷、任何不捨得；
還如常在你的最後告別之下，
傳你生日快樂的祝福。
如常在收到你的已讀不回之後，
不要再問一句、不要再作糾纏。

彷彿可以跟你一樣毫不縈懷，
彷彿，可以對別人一樣輕描淡寫地說，
是的，我已經放下了你，
你活得怎樣，我都不在乎了。
其實沒有那麼認真，
其實那時只是入戲太深，
其實你並不是那一個對的人，
其實我是太寂寞想有人陪伴而已……

其實，我沒有喜歡過你，
就像你一樣⋯⋯
其實，已經過去很久很久了，
其實，都沒有人會再在乎了。

就只有，
我會繞過你可能會出現的街道，
會走到我們一起看夕陽的海岸；
就只有，
我不再去喝你喜歡的咖啡、
你與我最愛的薄荷味雪糕；
就只有，
在看見你的臉書上和他的合照，
我叫自己不要再看，但還是看得出神，
看到忘記了時間⋯⋯

就只有，
那些在夢裡遇到你的凌晨，
我還記著，
明天要一起去旅行的約定，
然後又想起，我甚麼都沒有準備，
怕會惹你生氣，怕你會突然改變主意，
不再與我旅行。
就像那時候，那一天，
你突然地選擇要與我告別一樣；

但你沒有生氣，也沒有離開，
就只是伴著我，微笑著說，
不緊要，只要可以在一起，
就甚麼都不重要了……

就只有，我每天醒來，
還是如常地想起你的臉龐。
我微微苦笑，
如常去洗臉，去吃早餐，
然後在餐廳裡，聽見了熟悉的一首歌，
你曾經最喜歡的那一首歌……
後來，我聽別人說，
你喜歡了另一個歌手，
有另一首更加喜歡的主題曲，
但我還是未能忘記，這一首歌的旋律，
還有那最後的一句歌詞……

以前我始終聽不明白，
你還取笑我有點天真，
但如今我終於聽得懂，
那歌詞的最尾所埋藏的遺憾；
原來那時候，
我並不是你心裡念著的人，
你只是以為自己已經忘了……

原來，
未可從回憶裡走出來，
就是這一種滋味。

有時最怕，不是不能夠忘記，
而是以為已經忘記了，
但其實仍然在回憶的邊緣裡徘徊⋯⋯

然後，又再一次走不出來。

● 已經過去很久很久了，為甚麼還是不可以，將你從我的生命裡完全割捨。

第67夜

你說，不會再主動，不會再失望，
不會再執迷，不會再重來……

你說，對於他，
有時實在不想再主動更多。

並不是他不好，
只是你已經欠缺，
被別人再一次拒絕的勇氣。
也沒力氣去面對，
就算如何主動，
最後你們還是會漸漸疏遠。

你說，如果有天你不會再執著、
不會再主動去找他，
不是因為你終於可以放下，
也不是你學會了原諒，
而是你真的很累很累，
不想再強求他的著緊，
不想再想他為何從不著緊。

但在那天來到之前，
你將這一段話，
每天在心裡默唸了多少遍，
而他不可能會發現，
而你也不會說給他知道……
時間可以沖淡一切，
可有時候，也會將思念洗磨得更加深刻。

或許，是的，
有些人、有些關係，
如果不主動，就會完了。
只是主動久了，也是會累……

或許，
有些疲累，有些淡然，
怎樣也沒法復原過來，
始終無法找回初的熱度，
也許只是因為，
對同一個人一而再地主動太多。

而偶爾你還是會想為那一個人，
再主動多一次，再淡然多一次。

第 68 夜

你可以喜歡一個人好久好久，但不等於還有力氣，
再等待多一個秋季、亂想更多個夜深。

有些距離，
彷彿永遠不會改變。

當試過太多方法，
還是無法和他變得更加親近；
當說過問過太多，
但始終都得不到他的回應與認可。
他不會靠近，你不會離開，
明明已經一起經歷過許多，
偏偏兩人仍是沒有走在一起；
明明都喜歡留在對方身邊，
但一季一年過去，還是沒有認真的喜歡……

你不知道，他是不是不喜歡你，
還是不過是想你繼續喜歡下去；
你可以喜歡一個人好久好久，
但不等於還有力氣，
再等待多一個秋季、亂想更多個夜深。

還要再這樣繼續下去嗎，
再如此守候下去，有用嗎？
再付出更多或更好，
又會增加多一點成功的可能嗎？
每天你都這樣反問自己，
但都不會得到任何答案；
每季你都會想何時才可看見曙光，
然後清晨醒來，你一再為自己打氣，
然後午夜無眠，你又會再一次質疑自己，
這樣下去，到底是為了甚麼……

到底是因為不服氣、是為了心息，
還是只不過是一種習慣——
一種，圍繞在他的身邊，
但不可能再靠得更近的習慣；
一種，等自己變得更卑微，
然後彷彿可以將自己所有感受，
都一一無視的習慣。

就算偶然會想，
為甚麼就只能換到這種結果，
為甚麼他始終不會回應、甚至拒絕，
為甚麼自己還要執迷更多、傻下去，
為甚麼在你想要放棄的時候，
他又會不捨回眸……

但再這樣想更多，又有用嗎，

想得通了，明天他就會給自己回答嗎，

想得深了，明年是否不會再這樣想下去？

你知道，

其實很多事情都不由自己決定，

也開始會認命，

不管自己再做些甚麼、或不做甚麼，也是沒有作用；

不管是繼續等候、或是離開，

他的心意還是不會變改。

若真的是如此，

那何必勉強自己去作一個決定，

又何必再去問自己，這樣下去有沒有用；

因為這些問題，

其實之前已經問過自己太多次，

而來到這夜還是找不到，

一個可以讓自己不要再亂想、

不要再期望或失望更多的角落。

既然如此，

你寧願叫自己繼續學習適應，

這一種微妙的距離與節奏，

不要打擾他、也不要讓他遠離自己；

不如努力地叫自己更專心一意地相信，

他原來不是不想回應你的期望，
只是他自己也不知道內心真正的答案。
一直以來，你所做的，
並不是完全沒有意義、沒有作用，
就只不過等待哪天，
終於可以感動到他、開花結果，
又或是哪天，自己會真正變得心灰意冷……

即使你其實知道，
心灰更多，並不等於就會捨得完結；
感動再多，也不等於可以重新開始。

第69夜

不是對方不重要，只是你們身邊，
再沒有容納對方的位置。

不能見面的時候，
你們都會太認真地思念對方，
但當終於可以見面，
卻只會生疏地打招呼問好，然後相對無言。

有時候，兩個人漸走漸遠，
並非只是兩個人之間多了一點沉默，
或是最近開始沒有再短訊聊天；
而是你們各自的世界，
已經缺少了讓對方繼續停留的位置。
即使如今，他可能就坐在你的身旁，
即使你還是會笑著跟他說，
我很好、我是真的很想念你；
但就總是不能夠自然地再親近如昔。
彼此心裡都會想找個藉口離座遠走，
但對方可能已經比你早一步，
找到一個得體的理由，
然後留下你看著他的背影遠去，
默默苦笑。

● 你們各自的世界，已經缺少了讓對方繼續停留的位置。

第70夜

沒關係的，真的沒關係，
反正總有天，我們也會變得再沒有半點關係。

沒關係。
甚麼時候開始，這一句違心的說話，
變成你們之間最常出現的話語。

他遲到，你說沒關係；
他失約，你也說沒關係。
最初不是這樣的。
你試過因為他遲到，而忍不住生氣，
他會向你道歉，保證以後不會再遲到，
為了求你原諒，於是不停說些未必好笑的笑話……
以前是這樣的，
你曾經歷過一段被如此重視的日子，
重視得不太真實，
偶爾你還會反問自己，憑甚麼值得他如此在乎。
只是這段蜜月期實在太短，
當你還懵懵懂懂地，
念記著自己如何被別人珍惜，
開始設想以後和這一個人，
會有著怎樣的發展時，
他卻開始表現得忽冷忽熱，甚至不再接近。

過去本來的著緊在意，
彷彿被一道寒流襲過，
從此再回復不了之前有過的熱度，
甚至比起認識之前，還要陌生。
每天的短訊來往，變得少了或遲了，
每夜的來電密談，也開始冷落無語。
當你想約他，他總會有推搪的理由，
當你不找他，他似乎也會樂得清靜⋯⋯
然後，每次都是你自己先去找回他，
然後，每次他都繼續對你愛理不理。

你不明白，這中間為何有這種轉變。
你比以前投入更多的著緊，
他卻表現得比以前更冷淡，
你不能不去想，
是不是有些甚麼自己做得不夠好，
是不是有哪些說話你不應該說出口⋯⋯

以前你每說一句話，
他總會立即笑著對應、連接著下一句；
漸漸不再如此，
彷彿你一個人說了一個不好笑的笑話，
他不想給你反應，
就連擠出笑意也表現得勉強。
於是你開始叫自己別要再講更多，

不要讓自己因為他的冷落而失落，
不要再讓自己的熱度被白白浪費。

只是理性如此，
心裡總是會有一把聲音說，
可能這次可以變回以前，
可能他也在掛念自己？
於是偶爾你還是會忍不住，
反過來找他說話，想約會他。

有時他會答應，讓你開心大半天；
但如果他推說沒有空，
你就只會跟他說沒關係。
即使明明是早一個星期約好，
而他到最後一小時才跟你說突然要失約，
你也說沒有關係、反正你也有其他事情要做，
但其實你是為這個約會期待了很久很久；
你說沒關係，
只是不想讓太多的希望，
被換成難以承受的失望，
不想讓失望再繼續累積罷了。
你不是不知道，
他對你的著緊已經大不如前，
你只是不想讓自己太直接地去面對及承認，
就只盼他對你還會有一點在乎，

而自己能夠及時去把握去挽留而已——
即使你是花過了幾多時間心力，
去追蹤這一點未必尚存、
甚至未曾出現過的在乎。

偶爾見面，偶爾短訊，
偶爾失約，偶爾道歉，
你都覺得再沒關係，
反正到最後你所輸入的「沒關係」，
也漸漸得不到他的回覆；
再不會親身見面直接對話，
即使曾經有多難堪有多失落，
也無需再假裝如常、勉強用笑臉應對。
你的沒關係，
完全變成一種自我安慰，
也變成一個避風港，
用來掩飾自己是一個與他再沒關係的人——
雖然你會向別人說，
你們是朋友，
是一種比愛情可以更漫長的關係；
只是那天，
你忽然在臉書發現他與別人的合照，
那種親密、那份合襯，
比起你們更加耀眼，
原來在你們太長時間沒有交會的歲月裡，

他已經與另一個人展開了新的人生計劃，
而你這一位朋友，卻是完全不知情……

你看著螢幕，想說一句沒關係，
只是那一下讚好，還是無法按得下去。
沒關係，沒關係，
你忽然明白，原來是一種預言，
也是對你們這份似有還無的一個註腳。

一切都來得太快、也去得太快，
你多想能夠和他留下哪點憑證，
然後，最後，
你得到這一個只屬於你的名銜，
沒有關係，也沒有可再追的力氣。

第71夜

我們都知道要珍惜，
只是未必知道要如何珍惜。

你以為，他喜歡你，
他會比你更在乎你的感受；
然而有多少次，他一邊說著珍惜你，
卻同時做出忽視你傷害你的行為。

你不由得感到惶惑，
他其實有多喜歡你，又或是有多少真心。

只是我們都忘了，
知道要珍惜、與是否真的懂得珍惜，
是兩件不同的事情。

也許他是真的想要珍惜你、
與你認真發展下去，
可惜他如今的成熟，
尚未能讓他真正學懂如何珍惜一個人，
也不知道怎麼才可讓你，
有更多信心與安全感。

或者你可以再等再堅持下去，
直到那收成的一日，
但有多少感情多少幸運，
在那期限來到之前已經燃盡；
你們都曾經認真珍惜對方，
只是如今再承受不了更多，
那種帶著刺痛的喜歡。

第 72 夜

有時候，不要再見，
就已經是最好的終結。

兩個人，
由親近變疏遠，
當中難受的，
不是要再承受一個人的寂寞；
而是如今的冷淡、
不聞不問、越走越遠，
讓你再無法欺騙自己，
有些本來看似美好的巧合與默契，
到頭來只不過是自己的一廂情願。

他很快回覆你的短訊，
不是因為想要了解你更多，
原來只不過是想有人陪自己聊天。
他之前不會已讀不回，
不是因為他對你有多著緊，
原來只不過是他剛好有太多時間。
那些溫柔，不過是隨心，
不是他對你有特別的意思；

那些笑臉，原來是附屬，
不是他真的因為你而快樂。

他總是找你，不是因為想要見你，
他願意等你，不等於只等你一個；
他留下陪你，不是擔心你會寂寞，
他喜歡想你，不等於也想喜歡你……
他常常讚你，不是對你格外關心，
他會著緊你，不等於喜歡你著緊；
他要留住你，不是害怕會失去你，
他開始避你，不等於對你太在乎……

你找他，只是你的任性，
你等他，不是他的要求；
你陪他，是你一廂情願，
你想他，都是你的問題……
你讚他，不可求他回應，
你緊他，沒有他的允許；
你留他，又有甚麼資格，
你避他，他也不再找你……

兩個人，由親近變疏遠，
當中難受的，
不是要再承受一個人的寂寞；
而是如今的冷淡、不聞不問、越走越遠，

讓你再無法欺騙自己，
有些本來看似美好的巧合與默契，
到頭來只不過是自己的一廂情願⋯⋯

其實這本來很平常，
每一天、每一季，
每一個城市、每一扇天窗，
都曾經發生過這樣的故事，
都換來如此的唏噓與可笑；
沒甚麼好怨，沒太多可嘆，
不值得細說，不應該認真⋯⋯

嗯，到最後，到哪天，
或許這些曾經最難過的難堪，
都會被埋沒在更多的離合聚散之中；
就只不過是漫長人生之中的一段插曲，
不過是將來回首時，
一些不值得再回味的幼稚與不智⋯⋯
明天醒來，一定會變得更好的，
一定會回復原來的模樣，
原來，就只不過是一時錯愛而已。

嗯，或許真的是這樣，
真的可以變成這樣；
只是如今，

還是會為那個人而有太多在乎，
為那一點越來越遠的差距，
偶爾傷神、失眠，
偶爾追悔、亂想更多。
傻想，如果可以重新開始，
是否也只會有同一樣的終結，
卻忘記了，這世界上沒有太多如果。
然後，又想痛快一點說再見，
卻忘記了，已經再沒機會好好說清楚……

不要再見，
原來就已經是最好的終結。

第 73 夜

珍惜眼前人，
只是我始終走不到你的眼前。

你知道，
要珍惜眼前人；
只是有時你始終無法確認，
對方是不是也想珍惜你，
是不是也願意接受你的珍惜。

你問，珍惜了又如何，
付出更多真心去珍惜對方，
別人就會一樣珍惜你嗎？
當你付出越多，
對方越視作理所當然，
那麼再珍惜下去，
也不過是委屈自己吧……

然後總是等到失去了之後，
有些人才會想起珍惜的重要、
才知道後悔，
但再追悔，也是於事無補……

珍惜眼前人，

有時是一種覺悟，

有時不過是一個給自己後悔的藉口，

追悔完了，卻始終不會重新去追，

寧願繼續珍惜心坎中的誰；

至於身邊的眼前人，

又要等到哪天失去，方知道有多重要。

第 74 夜

如果，他只不過是你生命裡的一個過客。

對一個人心淡，
對一個人完全死心，
你認為哪一個比較輕易？

你可以不再主動打電話給他，
但是不能夠，拒絕接聽他的來電。

你可以不去在意他的已讀不回，
但是不忍心，對他的單字短訊遲了回覆。

你可以不再強求他的了解，
但是關於他的事情，你仍然會悄悄留神。

你可以裝作無視他對你的無視忽略，
但是當他偶爾回望你，你還是會立即展現笑顏。

你可以學會獨立堅強、別再依賴他，
但是當他想尋求你的幫忙，你總是不會拒絕。

你可以不再執著他對你的今非昔比，
但是卻硬不起心腸，用同樣的態度來回應他。

你可以接受自己只是他的普通朋友，
但是當他把你視作外人，你仍是會感到心痛。

你可以不再委屈自己換來他的冷淡，
但是無法叫自己無視他偶爾對你的刻意溫柔。

你可以對他常常的突然失蹤不再煩惱太多，
但是每次當他又再重新找你，你還是會感到哭笑不得。

你可以假裝不再著緊這一個人，
但是對曾經的他，你還是暗地裡有過太多思念。

你可以不再等他，
但是每當他找你，你又忘記了原本的目標。

你可以拒絕他的過分要求，
但是你早已習慣去為他設想太多。

你可以刪掉他的手機號碼，
但是當螢幕顯示那一組號碼，你還是忍不住接聽。

你可以不再追看他的臉書，
但是他偶爾給你一個讚好，你又會再想得太多。

你可以不讓自己想起他，
但是有多少次，你卻在街上錯認了他的身影。

你可以下定決心去忘記他，
但是有時忘記，不過是提醒自己記起他的一個循環。

你可以不再計較他對你的虧欠，
但是你無法狠心斷絕，你們之間的藕斷絲連。

你可以叫自己別再讓他傷害你更多，
但是你無法看穿他笑臉背後所埋藏的真意。

你可以叫自己別太認真，
但是卻無法叫自己對這一個人，別再動心……

你可以叫自己學習心淡，
春天開始，秋天應該會習慣；
但是有多少次，你提醒自己盡快死心，
卻始終死心不了……

然後，你還是接聽了他的來電、
回覆了他的短訊、
對他的冷淡苦笑落淚、
對他的不明白你嘆息太多；
然後，在忘記的同時更加刻記，

在互相虧欠之後變得更藕斷絲連，
在受傷太深之後，再沒有離開的力氣……
你說這一次，真的要死心了，
但其實，說死心這一句話，
有時不過是極苦澀時的一點止痛藥，
讓自己再有力氣去繼續追悔而已。
想想，你又可曾會對一個普通人，
認真地下定決心，要從此死心；
如果他在你的生命中真的太重要，
但偏偏他對你毫不重視，
那麼再委屈求全、或冷漠絕情，
到最後你還是會死心不了。
只能夠讓自己慢慢抽離、學習心淡，
等哪一天再遇到另一個人，
重新去打開心扉……

但如果，他只不過是你生命裡的一個過客，
原來一直以來，都是你自己入戲太深，
那麼死心或不死心，
其實，都是在自己的一念之間。

第 75 夜

有些堅持，是不想讓自己將來後悔，
有些堅持，是用來掩飾不知道該如何放棄。

其實你知道，再繼續堅持下去，
也不會得到你想要的人與事，
不會讓自己終於可以心甘情願。

再付出，他也是不會有半點感動；
你再好，他始終會對你討厭皺眉。
說更多，他還是會一再已讀不回，
等下去，他對你又會有幾多重視。
你知道應該要放手，
但你又會問是否真的情願，
朋友勸你別再沉溺，
漸漸你不會再對別人提起。

真的要放手了，真的要再重新出發，
真的要對自己好一點了，
真的要再去過好日子了……
真的，說得再多的安慰與道理，
漸漸會變成另一種沉重，
讓自己更難面對，
一直不能乾脆離開的自己。

有時，你覺得自己可以離開了，
偏偏他又會來找回你、跟你若即若離；
有時，他沒有空再理會你太多，
偏偏你又有點不服氣、盼他回來找你……
然後有多少夜深，你又會取笑自己，
為甚麼還在期待太多，
為甚麼還要為了他無心的一句話，
而有太多在意，
為甚麼還是不可以勇敢地拒絕，
他的短訊他的來電他的謊言他的冷漠。
到最後，想得更多更亂，
你也是不會得到他的解答。
不想再心亂，不想再失眠，
於是你叫自己不要再想了，
但不想，卻不等於你可以真的心死；
當他哪天又再想起你了，
或是只給你一個普通的讚好，
你又會再次投入那個深淵，
又再沉迷心碎委屈寂寞苦笑再多一次……

真的要離開了，
真的不能再這樣下去了，
真的，要好好愛惜自己了，
真的，是最後一次了。
漸漸，你都不想再說再聽見，

這一些做不到、卻會令自己更疲累的說話，
即使你知道，
離開了，可以天空海闊，
放手了，才能夠再捉緊一切……
但一直習慣去仰望的你，
仍然覺得他是有多麼重要、值得去追。
你開始懷念，
能夠一心一意去喜歡另一個人的自己，
那時候，是有多麼簡單純粹，
那時候，自己可以展現最快樂自在的笑顏，
不會有太多顧慮不安、委屈無奈，
也不會時常去問自己，
甚麼時候才可以放棄，
甚麼時候才不會為這一個陌生人，
而想得太多……

然後又會問自己，
繼續堅持下去，是否真的值得；
是不想自己將來後悔，
還是你其實已經欠缺放棄的勇氣，
寧願去等待去相信，奇蹟哪天終會降臨。

● 離開了，可以天空海闊，放手了，才能夠再捉緊一切……

第 76 夜

還記得嗎，
我們也有過無所不談的曾經。

那時候的我們，
一起談過了無數過凌晨，
一同迎接了多少個晨曦；

聽到有趣的笑話，
會很想立即告訴你知道，
看到漂亮的天空，
會好想你也在我的身邊。
那時候，總有聊不完的話題，
對我們的將來有無窮的想像與約定；
那時候，我又怎會想像得到，
後來我們會漸漸變成無話可說⋯⋯
即使難得見面了，也會變成無言以對，
然後，我們不想再繼續這種無可奈何，
而不會再主動約會對方，
然後，最後，
我們的這份情誼，
還是像其他人一樣，只剩下了無疾而終⋯⋯

後來再也遇不到，

一個像你一樣，可以無所不談的人。

或許其實並不是遇不到，

只是我已經將所有重要的話，

告訴給那一個最在乎的人；

只是如今還會在想，

那一個人是否也會記得，

曾經遇過一個這樣的人，

有過這些，聊不完的曾經。

第77夜

我懷念的，是從前的我們，
但不是現在的你。

有些人念舊，
會選擇一個人躲起來，獨自思念。

即使有多想念，
也不會主動去打擾對方，
不會在他看得見的地方提及半句。
即使有多想見，
也不會走到去他的附近，
不會出現在他可能會出現的地方。
是怕他如果見到自己，
會不知道他有甚麼表情？
還是怕，當真的可以再見到那一張臉，
自己反而不知道如何面對，
那些一直以來所壓抑的心情……

如果可以見面，當初為甚麼又會選擇離開，
如果可以再聚，之後為甚麼又會選擇不見？
如果可以喜歡，那天為甚麼始終沒有開口？
如果可以親近，最後為甚麼始終沒有一起……

這些如果，

曾經在腦海裡思量了幾百千遍。

來到這天，難得終於可以不再被纏繞，

終於可以將這些執迷、遺憾、不明不白，

化成簡單純粹的思念，

偶爾緬懷，偶爾埋藏；

那何必又要再超越那界線，

將這一點僅餘的空間都破碎，

不可以再思念，反而更難為自己。

始終那些人與事，是已經成為過去。

再念記，也不會再重新開始，

也不會延續多一點點，換到多一點糖分，

甚至是他的一點認真⋯⋯

若是如此，那不如不要去找對方，

不要給自己機會讓對方見到。

就算有多想念，也不要傳短訊問好，

就算有多著緊，

也不要在他的臉書留下任何讚好；

他生日了，就讓祝福留給空氣，

聖誕來了，就將禮物鎖進抽屜。

縱使無人知道、無人念記，

但這一個故事、這些心情，

都是由你一個人完全擁有，

任你自己編配、點綴、改寫、終結；

至少不會難為別人，也不會讓別人難為自己，

至少不會被他發現，也不會再有機會，

被他拒絕⋯⋯

只要一天不碰面，

只要記得不要再想要超越那條界線，

這份思念就可以一直延展下去，

甚至陪自己到老白頭。

只要⋯⋯

哪天他不會突然心血來潮，

想念起舊時，想念起曾經有一個人，

在他的身旁一直仰望、守候，

然後，給那個舊人發出一個問好短訊，

然後，再沒有其他，

然後，再沒有然後⋯⋯

所謂念舊，

其實就只是單純的想念從前，

但不會讓過去打亂現在的快樂，

也不會為舊人再投放太多認真⋯⋯

你是早知道這個道理，

只是有時，我們都會讓自己將它忘記而已。

第 78 夜

寧願在遠處祝福安好，也不要靠近仰望。

很多時候，
我們都自覺仍然未能放開，
例如每遇到一些舊人、或是重遊某些地方，
都會禁不住想得出神，或是惘然起來。

或者你並不想這樣，
可是又不清楚自己為了甚麼而迷惘。
其實有時所謂放不開，
未必是放不開一個人、一段關係或感情，
我們只是放不開，
當時錯過了的那一刻，
自己不過是一直無法忘記，
那時候沒有好好地把握和面對。
不是放不放得開，只是自己未想忘記而已。
可是如今，
都已經不可能回到過去，
再沒法補救也無法確認，
如果當時面對了，是否就不會有遺憾？
如果當時把握住了，是否就能得到幸福？
一直都得不到答案，

反而變成一個似有還無的目標，
結果只能一直在那迷圈裡沉溺、徘徊，
又脫不開來。

但有時候，
其實只是當事人沒有想通，
就算沒有機會回到過去面對，
自己現在還是可以去面對那一個人；
可以試著與他去溝通、去接觸，
可以讓自己重新去把握、追尋、
延續那一份情誼……
只是很多人真的沒有如此想過，
也許會說自己沒有勇氣，
也許會說都已經過去了，
也許……
其實我們不過只是想要偶爾遺憾，
明知道會繼續放不開，但至少不用面對，
這樣就不會打亂已經平靜的生活，
更不會再受傷、再有太多失落失控……

寧願在遠處祝福安好，也不要靠近仰望；
寧願迷失，也不要再痛。

第79夜

如果有些思念，
是註定只能留給那一個人。

來到這天，
也許你們已經不會再見，
但是你對這一個人，仍然存放了太多思念。

偶爾，你還是會忍不住去偷看，
他的臉書、在線時間、
有著他的照片、以前的舊訊息；
夜裡，你仍然會因為一首歌曲、
一齣舊電影或一個短故事，
而不由自主地聯想起他這個人。

即使他的一切，
已經與自己再無關係，
他也不會緬懷或珍惜你的微笑，
但還是繼續在乎他的一切，
卻又努力地叫自己不要再沉迷、執著更多；
安慰自己說，有些事情是勉強不來的，
欺騙自己說，尚未陷得太深應該早些離場……

是你太過為對方著想，
怕自己再一次的一廂情願，
會給予對方太多壓力？
還是你潛意識裡仍抱著一點盼望，
有天他會回頭記掛自己，
他終於會感應得到，自己的這點心情……
其實你知道，這樣的自己有多傻，
也知道來到這天，你們是沒有可能，
也不能夠和他一起編織更多約定；
但你還是寧願一個人繼續刻記，
昨天的快樂、那些未能捉緊的曾經……

然後有多少夜深，
你一個人在這城市裡，
漫無目的地遊盪，
仰望冰冷的夜燈，
找不到停下來的路口。
你跟自己說，是最後一次了，
就容許自己對他這段回憶，
作最後一次憑弔……
直到，你又再一次走到力竭筋疲，
直到，哪天你終於懂得重新振作……

聽說有些思念，
是註定只能留給那一個人，

那一個自己曾經花過無數認真與心血的人；
那麼思念到盡頭，
或許就會再次遇上那一個，
曾經認真、笑得開懷的自己吧？

但願如此。

● 夜裡，仍然會因為一首歌曲，而不由自主地聯想起他這個人。

第 80 夜

有些過去、有些位置，
原來在離開以後，是不可能再回得去了。

離開以後，
回憶從前的時間，
彷彿會比戀愛更加漫長。

那一天的快樂，
你回想了多少個凌晨，
那寒冬的若即若離，
會讓你嘆息皺眉幾許春秋。
是因為太過深刻，令你不能夠自拔，
抑或是那曾經太短暫、
你不甘心這樣完結，
也許你只是想一個人，去想另一個人，
去延續這個故事，
去伴自己繼續白頭到老……

但事實上，他是已經離開了，
而你的人生還沒有終止，
時間過去了，就不會再回來。

你是可以繼續喜歡這一個人、
努力重燃與他那點戀火，
就只怕，自己不過在與回憶戀愛，
陷溺太深而不自覺。

然後有天，你其實已經忘了他的臉容，
但你還是會為他的近況而心痛，
然後哪天，你們終於幸運地再遇上，
但你卻感到有點陌生。
就算他對你微笑問好，
但還是會覺得恍然若失；
有些過去有些位置，
原來在離開以後，是不可能再回得去了。

● 只怕，自己不過在與回憶戀愛，陷溺太深而不自覺。

第81夜

在無了期地的等待之前，其實原本最想做的，
就是走到你的面前，好好地對你說一聲，我喜歡你。

很多時候，
我們在漫長的等待過程當中，
漸漸會忘記了原本的初衷。

例如最初，
我們可能是想等一個人回覆自己、
表白後對方的回應、
又或是想知道一個人對自己有多少認同，
然後，一直等一直等，
但一直等不到對方的回應、甚至回望；
我們會開始懷疑，
自己是不是沒有被回應的價值，
陷進不停重複自我懷疑、自我肯定的迷思，
又或是叫自己不要太在意了、不要再等了，
開始忘記了原本的目的，
彷彿自我的價值才是一切問題的主因。

偶爾我們也會勸慰自己，
叫自己不要太在意、太認真，

不值得的人與事，就不要再等下去了；
只是道理是明白，
自己一直得不到被重視的人注視、
等不到一個認真的回應，
心裡的鬱結還是會繼續積聚。

不要再等，但又未必真的捨得放手，
惟有模糊自己原本等待的目標，
由想等到他的喜歡、
變成想等到他的著緊，
由想等到他的肯定，
變成想等到他的短訊回覆……
又或是選擇去等待一個奇蹟出現，
即使明明知道，
那是一個不可能會發生的奇蹟，
這樣的等待，
其實與放棄再追沒有太多分別；
或許不過想給自己一個藉口，
不要太快去放棄、可以繼續執著得舒服一點，
可以再留戀多一點點而已……

然後哪天，
成長了、變得更成熟了，
你或許終於願意看清楚自己的真心，
收拾心情，再往新的目標出發；

又或是等到最後，
那些年的執迷或抱憾，終於可以得到平息，
就算始終等不到，
但一直念記的那張臉容，
卻會繼續伴你白頭到老。

第82夜

他又怎可能會跟你一樣，在這夜裡仍然奢想，
哪年哪月終於可以再見。

你說，不要再見了。

與其，見到面會尷尬，
與其，見到面要扮作成熟、
勉強自己展露歡顏，
那不如不要再見，
不要再去增添，更多苦笑與離愁。

反正，
在這些沒見面的日子，
沒有他在身旁，你還是走過來了。
曾經你以為，沒有他的依靠，
之後的日子又怎能夠像以前一樣，
笑得開懷，睡得安祥，
又怎可能會有一樣燦爛的晨曦；
但經過多少無眠的夜晚，
多少次令你想哭的夕陽與晚霞，
你還是開始可以，眉頭鬆開了、笑得寬容了，

至少比最初的時候，

多了一點淡然，少了一點心痛……

見不到他，你還是可以走過那些年，

見得到他，也許反而未能這樣輕易。

既然都能夠走過來，

可以自在地呼一口氣，重新出發，

那不要再見，是不是應該更好；

反正，見與不見，

有時其實沒有太多分別。

又或者應該說，那一張笑臉，

那曾經最親近的瞬間，

在你的紀念冊裡，從來都未曾褪色。

只要翻開，任何時候都可以再見，

只要閉上，你心裡還是清楚記得那一幕，

那一張，只會屬於你的笑臉，

那一抹，眼中有著你的溫柔，

從來沒有離開過你，你也一直未曾忘記。

但你是清楚知道，

這些這些，是不可能再重現了。

即使這天，你和他依然安好，

即使哪天，你們終於偶然再遇上，

他應該還是會像以前一樣，

溫柔地對你微笑一下，向你問好，

只是你們已經不再是從前的你們。
你已經變了，不再像以前般軟弱，
他也應該會變得更好、更成熟吧，
變得，讓彼此更感到陌生，
變得，更不懂得怎樣靠近……
就算，他還沒有將你忘記，
就算，他其實也如你一樣，
有多想見到對方一面，
不介意相對無言，也不介意再沒有以後。
但是當你又再想，
沒有以後，那麼即使再見面，
又有何意義？

曾經，你和他也試過這樣，
淡淡交會過，然後在彼此以後的生命，
留下一個不再見面的印記……
這種滋味，你已經嚐過一次，
已經很足夠，已經太無憾；
那又何必要再重溫一遍，
何必要練習多一次，
如何放開一個人，留下更多的遺憾……
即使其實，
你仍是會對這一個人有太深思念，
仍是會有多想見到對方，
跟他說一聲，好久不見。

然後，最後，
再好好說一聲再見，
來彌補那一個讓你無眠的遺憾。
但你知道，他又怎會跟你一樣，
又怎會在這夜裡仍然奢想，
哪年哪月終於可以再見……
既然如此，不如不要再見，
就讓這一份希冀、不可能實現的願望，
留在自己心裡延續下去，
到哪天終於在夢裡可以重遇。

然後，到時候，
你會跟他說一聲好久不見，
真的，好久不見；
然後，他微微對你笑了一下，
沒有言語，但心滿意足，
彷彿一切都從來沒有改變，
彷彿，以後都不會再改變。

第 83 夜

放棄並不需要理由，
而是需要決心，或漫不經心。

我知道，
你已經很努力地不要去想他、
不再接觸與他有關的事情。

但其實，
很努力，不等於就是有決心；
有時太用力想割捨、
硬要將那些原本藏在心裡的回憶全部掏空，
那種痛也只會留下更難痊癒的傷疤。
長痛不如短痛，卻忘了，
有些痛會造成更深的瘡疤。

有時候，比起已經習慣的等待、
已經適應的灰白色調，
離開原地、尋找本來的亮麗無瑕，
反而會令人更覺茫然失措、惶惑不安。
與其說這是尚未放得下，
不如說你未找到新的目標，
能夠重燃你的熱情與認真；

然後讓你在某天醒來時，
才發現自己早已對那些過去，
原來不再有太多執著與眷戀。

放下有時，不捨有時。
如果你其實仍然不捨得，
那就讓自己繼續不捨得吧。
不捨得並不是犯罪，
也不需要任何人允許，
只要不傷害別人，只要不會太委屈自己，
不捨得其實也是可以的，
只要你自己會感到自在就可以了。
到有一天，
你開始沒有那麼不捨了、
有新的目標、興趣或生活。
到那一天，
你開始可以在退後一點的距離，
來回看這段感情、回看曾經受傷的自己，
到時才再去想，是不是時候去學習放下，
又或是，是不是還要執著放不放下，
是不是還要對這個人，
留有太多的執迷。

第 84 夜

如果不能夠跟他在一起，
是否就真的不可以，得到幸福？

有時候，
不是換了一個好的想法、或比較好的心情，
原本一直累積的問題煩惱，
就自然可以得到解決；
有些距離、解不開的鬱結遺憾，
就會得到改寫的機會，
就終於會有一個好的結果。

有些事情，
就算再樂觀面對、再積極思考，
但還是控制不了別人的想法、
甚至是所謂的命運。
往往，你以為自己可以改變世界，
到最後，就只求自己不會被世界改變，
更別說再去繼續奢求得到，
自己原本最想要的幸福。

而我們其實並不是不知道，

自己會繼續走向這個結局。
再繼續向前走，或原地徘徊，
也只不過是向著一個深淵前進。
於是，有時會提醒自己，
不要再想得太負面，不要讓自己更加難過。
這未必是真的樂觀或積極，
可能只是一種無奈的自我保護，
讓自己在如此絕望無助的當下，
還能夠好好地喘一口氣，
活得比較自在一點而已。

然後希望，
有天自己會有多一點力氣，
會終於覺醒，
在那個絕望的結局來臨之前，
自己是不是原來還可以逃走。
自己想要的幸福，
是不是真的就只有這一種形式；
是不是真的只有得到幸福，
自己才會心滿意足；
是不是真的找到那一個人，
人生才可以真正得到圓滿？

第85夜

有多少次，努力去忘記那些人與事，
只是在忘記之前，還是會把回憶藏得更深。

那天醒來，你呼了一口氣，
用最平靜的心情，告訴自己，
終於，嗯，終於，
終於可以將他忘記，
不會再想起他的笑臉，
也不會再因為他的片言隻語，
而有太多傷心。

但其實你心裡明白，
想真的忘記，又談何容易。
你只是沒有再收到他的短訊，
你只是一直逃避去看他的臉書，
你只是將他的一切，
藏在心裡深處，不想別人發現，
你的思念、難過與無助；
也不想去承認及面對，
其實你忘不忘得了，
他也是不會有半點在乎。

因為得不到，
有時人會選擇忘記；
但有些人寧願更加念記，
然後將回憶藏得更深。
只因他們是清楚知道，
以後與對方都不會再見，
於是選擇用回憶來代替得到，
用遺憾，來結成彼此最後的牽絆。

忘記與否，或許就在一念之間。
你說你明白，只是你還是會問，
應該如何把他忘記⋯⋯

到頭來，或許，
所謂忘記，有十分之一的時間，
是勉強自己不要再亂想；
其餘的時間，
都是一邊叫自己不要再想，
然後一邊為著那誰，又再偷偷執迷沉溺更多更多。

第 86 夜

放下一個人，比繼續擁抱這個人，
有時要更加浪漫。

你知道，
如果可以放下、不再執著，
人或會變得輕鬆一點。
至少不會再有太多鬱結，
至少可以安然入睡，
不會再因為看著手機、他的狀態，
而繼續失眠；
不會再因為他的離開、他的冷漠，
而想得太多，想到了天光……

你知道，
如果真的可以放下，
那應該會有多好，會有多快樂。
但你依然放不下，沒有放下。
總是會說，知易行難，談何容易，
漸漸你都說膩了，但還是放不下，
笑不開懷。

據說，放下一個人，
比繼續擁抱這個人，
要來得浪漫；
但你相信，
自己沒有得到這份浪漫的福氣，
因為他都不會在乎，
也不會再知道你的在乎。
就算一個人擁有這份浪漫，
就算再獨自快樂，又有何意義。

說到底，不是要不要放下的問題，
而是你不知道如何再前進；
沒有他，這天地太過遼闊，
你卻知道，這裡還是會有他的影子。
也許哪天又會再與他遇上，
只怕那天又會再與他遇上。

第 87 夜

忘記不難，只是你不知道，
如何才會忘記得心甘情願而已。

你以為忘不了，
但其實你只是忘不了他的生日日期。
你以為已經忘了，
但原來你只是忘記了他的電話號碼。

你以為忘不了他的溫柔，
但其實你只是太想再重溫那些時光。
你以為已經忘了那些傷痛，
但原來你只是刻意麻木了自己的情感。

你以為你還記得他的所有事情。
但那一次約會他遲到了幾多分鐘，
那一個凌晨你們談到多晚才掛線，
很重要，但你未必記得清楚。

你以為你忘記了他的一切，
但有多少習慣、喜好與想法，
其實是從他這個人身上流傳過來，
他曾經影響及改變你太多，雖然你不會承認。

然後，已經過了多少年，
你還是會突然記得他的某個壞習慣。
但是，再過多幾天之後，
你又會記得，自己曾經如此記掛嗎？

你記得他的過去，
卻忘記了自己的現在。
你記得自己忘不了，
卻忘記了自己還記得很多人很多事情。

對不重要的人與事，
你不會特別花時間心機去忘記，
也不會特意去說，我要將它忘記；
有些人再不喜歡再討厭，
你也只會生一場氣、避開對方，
除非對方繼續糾纏、甚至傷害你，
否則你又怎會花更多力氣，
去忘記一個生命中的過客。

說到底，被忘記也是要有資格的，
你想去忘記，可以是因為你太重視這個人，
但未必是因為他真的對你太重要。
記得與不記得，其實有時並不代表甚麼；
我記得你，並不一定因為你很重要，

而只是那天我沒有太多事情值得記掛；
我不記得你，並不等於我不想留住你，
也許原來只是我不想讓自己陷得太深⋯⋯
但當中真的有過多少喜歡與認真，
並不是由記不記得來做記認。
我依然記得你，也許只是因為你太討厭，
我依然忘不了誰，也許只是因為我不想忘記，
那個曾經也快樂過的自己而已。

但有多少夜深，
我們還是會突然想起，
某些理應已經放下了的人與事，
然後不能自拔，不可平息。
你問自己為甚麼還未可以忘記、
想得太多、不能釋懷⋯⋯
但其實這種情況，並不是第一次出現，
在那個夜深、在那個風起了的季節，
你也曾經一樣，莫名地記起這一個人。

其實，你並不是忘不了他，
你只是想再重新檢視，
這一個人值不值得被你繼續忘記。
說到底，有過的記憶，
並不可能完全刪除抹去，
說忘記，往往會先記得更多更多；

你要忘記一個人，
就應該要有一世都忘不了的準備，
然後也要接受，
有天竟然真的可以輕易忘記了，
那些你以為不會忘得了的人與事……

忘記不難，
就只看你是否捨得去忘記，
就只看你某天又再記起的時候，
可不可以心甘情願，可不可以一笑帶過。

第88夜

來到這天，你還是會跟自己說最後一遍，
真的，不要再想了。

有多少天，
已經沒有再與他聯繫。
有多少晚，
你為著這一個已經不再的人，
而想得太多，想到了失眠。

有時候，
你會跟自己說，不要再想了，
再想下去、想得更多，
只會想得更累、辛苦自己，
亂想得更深更鬱結，他也是不會明白，
還是只會讓自己苦笑。

只是這些日子以來，
這些無眠的夜深，
好的、不好的，可能發生的、不可能實現的，
你都已經想過太多太多遍；
就算想到無可再想，

你還是會再循環去想，
就算他一直都不願意對你解釋，
你還是努力去為他的想法與言行，
找一個理由，找一個讓你別再怨懟的藉口⋯⋯

他不再找你，也許只是他在忙，
他與別人親近，都是你的一時錯覺，
他忘了你的約定，其實是你太過認真，
他不會再對你微笑，是因為你將他錯過⋯⋯

不知道從甚麼時候開始，
你開始會想，他的離開，
是因為自己不懂得珍惜他、留住他。
你太輕易地錯過這一個人，
是你不對、不該，
因此如今，你才要一個人留在原地，
去承受這一種懲罰。

偶爾你會清醒，
反問自己，何必這樣自責下去。
你們本來不是彼此的誰，
也沒有權利留住對方，
他要走，你留不住，
你要留，他也不可以阻止；
也許自己只不過是想要找一個藉口，

來讓自己繼續留在這裡，
盼有天他會回來找你。
然後可以再重拾，往昔有過的快樂，
那些睡著了也會讓你忍不住微笑的時光。

只是如今，
這一個夢、這一個夜，
你還是只有自己一個人，
想著那些不可能重來的過去，
想念那個不可以再見的身影⋯⋯
你跟自己說，真的不要再想了，
已經想過了多少深夜凌晨，
就算偶爾想通想開，
但有多少次，你還是想到了失眠。

曾經你以為，
只要想得更深刻更仔細，
想得盡情、想到忘我，
就可以容易一點遺忘；
但原來想念這回事，
有時只要開始了，就不會再有終點站，
猶如一段永遠不會完結的旅程，
即使你再如何努力，跟自己說，
不要再想了，真的不要再想了，
只是你也開始害怕，

這一句說話，
會不會有天取代了綿羊的位置。
不要再想了、不要再想了、不要再想了，
然後數到幾百幾千，
自己還是未可以好好安睡……

但你還是會跟自己說最後一遍，
不要再想了。
是因為你真的希望，不要再想到心碎，
還是你依然念掛，
曾經有一個人，在你最失意無助的時候，
溫柔地跟你說，不要再想了。
無論發生甚麼事都好，
別怕，他會一直陪在你身旁，
直到你可以好好安睡為止……

你永遠都會記得，
這一段生命中最幸福美好的時光；
只是那些溫暖、那一段聲音也是不會重來，
不要再想了，不要再想了，
又是否真的可以不會再想得更多。

亂想得更深更鬱結，他也不會明白，只會讓自己苦笑。

第 89 夜

**厭倦的盡頭，不是學會放手，
而是先讓自己力竭筋疲。**

你以為，如果有天不再在乎，
自己就會終於好起來。
只是有天你會發現，
就算想離開，但已經欠缺力氣⋯⋯
就算想放手，但原來不是自己一個人，
就可以決定得了。

曾經你以為，再委屈再難受，
只要哪天終於感到厭倦，
自己就可以捨得放手。

只是當真的厭倦了，
你大概已經累得力竭筋疲。
甚麼都不想說，因為已經解釋得太多；
也不想再有任何情緒，
因為已經生氣過太多太多次，
也已經讓自己學著淡然過更多更多次⋯⋯

然後厭倦的情緒，揮之不去。
再怎麼休息、放鬆，
總是會覺得很累很累，
總是會想，都已經如此了，
為甚麼還是會開不了心。
反覆循環，看不見出路，
然後有天他終於問你，是不是累了；
你才發現，
其實他從來都沒有留意你的臉容，
其實你從來都沒有得到他的關注……

於是，你只好讓自己繼續沉默，
只好寄望哪天，會學懂怎麼去放棄。
然後那天你說，
你不會再為了他的人與事，
而有半點在乎，因為這並不值得。
但其實，
還會計較在不在乎、值不值得，
說到底，就已經是一種想得太多……

到最後你還會在乎下去，
你的疲累，又何時才會可以休止。

第 90 夜

把最壞的情緒，留給自己最親近的人。

有時候，
我們會把最壞的情緒，
留給自己最親近的人。
明明你不想讓對方不高興。
明明你就只想對方能夠明白，
你的不快樂。
但有些難聽的說話、最不好的情緒，
說出來了，就不能夠再收回。

於是，我們只好選擇沉默，
不想自己再亂說一些甚麼，
不想再傷害彼此。
然後，最後，
我們就剩下了沉默，
刻意的平靜，讓有過的親密，
一去不回。

● 有些難聽的說話、最不好的情緒，說出來了，就不能夠再收回。

第91夜

如果有天我覺得自己面目可憎，
你還可以繼續陪著這樣的我嗎？

有時就是會不想理人，

有時就是寧願獨自去鑽牛角尖，

有時就是會忽然陷溺在某種情緒當中，

有時就是竟然被一些不值得的人與事所影響，

有時就是會連自己也不明白為甚麼總是開不了心，

有時就是想一個人逃得遠遠的不再回來，

有時就是會將別人的關心想成複雜的計算，

有時就是忘記了身邊還有更多值得珍惜的人與事，

有時就是會害怕聽見別人的期待，

有時就是因為太過保護自己而刺傷了別人，

有時就是會這麼不討人喜歡，

有時就是連自己也喜歡不了這樣的自己，

有時就是會這樣重蹈覆轍……

如果還要你繼續陪著這樣的我，

真的可以嗎？

「可以啊。」

第 92 夜

有時我們會忘記了，
在最失意的時候，也要為自己打打氣。

再苦，再累，
也總會有不理解自己的人。
但請不要忘記，自己本來應該有的樣子，
在最失意的時候，也要為自己打打氣。

我知道，最近你很累，
很多事情，始終不太如意，
就算假裝微笑，也笑得有點勉強；
但，請不要迫得自己太緊，
在感到最失意、最孤單的時候，
不要忘記也要為自己打打氣，
跟自己說，會沒事的，
要相信自己，一切都總會好起來的……

你可以心灰意冷，
可以不再相信，曾經傷害過你的誰……
但請不要對所有人都失去信心，
不要遠離每一個，仍然願意一直陪你的人。

即使，
你現在還遇不到，會一直陪你的人，
但請相信，總有一天，
一定會遇到那一個會真心待你的他⋯⋯

這不是自我安慰，
而是你要對將來那一個人、
還有你自己給予更多信心。
如果，未來的你們一定會好好的，
那麼如今的你，又豈能夠讓自己太過心灰，
豈能讓自己不小心錯過了，
這一位應該一起走到最後的人。

加油，不要忘記，
你自己本來應該有的樣子。
請繼續相信，前方還會有著，
一個願意理解自己、會為你心疼的人。
加油。

第93夜

如果想到最後，腦海都是同一個人。

朋友很多，但每次想起，
你都會先想起那幾個人。
遺憾不多，但就算不想，
你還是會記起某一個人。

如果想到最後，腦海都是同一個人，
開心與不開心，都離不開他的影子，
那麼明天以後，勉強自己不要再想，
斷絕一切思念，最為難的又會是誰。

其實你知道，
只要不問候、不見面，
完全地斷絕所有來往，
那一點遺憾、那些思念，
最後終會漸漸止息，悄然告終。

但偶爾，你還是會打開臉書，
翻開他的近照，讚一次好，
或留下一句問候；

偶爾，你還是會收到他的短訊，
問你的安好、說一些近況，
然後談得很晚很晚，
然後明天還是不再往來。

每次你都會想，何必如此，
說再多，也不會見面，
話再深，也不會重來，
彼此這樣牽扯糾纏下去，
不會帶來更多感動，也不會修成正果，
其實再不捨執著，又有何意思……

只是，他還是會繼續找你，
你還是不會拒絕，
一起說著近況、悄悄懷緬從前，
一起裝作成熟、默默思念對方；
用朋友這一個身分角色，
來繼續完成那一個不能實現的夢，
用更多的客套、成熟、淡然、問候，
來提醒彼此有過的虧欠與遺憾，
用另一種方式來表達不捨與認真……

縱然其實大家都知道，
最後都不會得到想要的結果，
也不會美夢成真；

但至少，如今，
你們還是會知道，
對方仍然跟自己一樣，
尚未忘記那些曾經。
至少你還會知道，
就算對方不會留在自己身邊，
但你並不孤單，
你還是會擁有一個，值得思念的人……

就只望可以繼續擁有這段回憶，
直到哪天一起到老白頭。
只望自己不會回憶太深，
不會哪天因為再得不到他的問候，
而想得太多、又再想到失眠……
只望他也是真的跟你一樣，
如此不捨如此思念，
繼續偶爾互相問好、偶爾不要見面，
以遺憾來延續這份思念……

就好。

● 朋友很多，但每次想起，你都會先想起那幾個人。

第94夜

喜歡一個人，不一定要得到他的喜歡。

喜歡一個人，

不一定要常常看見他，

不一定要牽手擁抱，

不一定要擁有，

不一定要等到他的喜歡。

你很高興，

自己終於可以想通這點道理。

只不過偶爾還是會有點寂寞而已。

放下一個人，

不一定要完全地忘記，

不一定要強顏歡笑，

不一定要釋懷，

不一定要從此不要再見。

你很安慰，

自己終於可以熬過那點難堪。

只不過偶爾還是會恍然若失罷了。

第 95 夜

你再溫柔，
也沖淡不了內心的那點委屈。

一直以來，
你們之間的交往，
都是由你去作主動；
並不是因為他不擅於去做任何主動，
而是他不會為你主動去做任何事，
不想花太多心思在你的身上。

為了得到他的重視，
你花了更多心思在他身上。
他喜歡甚麼，他不會告訴你，
是你自己去留心在意；
他近況如何，你沒權過問，
是你自己每天都去留心他的臉書。
每次見面，都是你主動去邀約，
每次短訊，總是你被已讀不回，
到下一次，你還是會繼續如常地掛起笑臉，
去邀約他，去向他問好，
去為他安排節目，去為他想得太多……

然後，為了他的臨時失約，
而裝作自然地說，不要緊；
然後，為了他已經表現得很明確的冷淡，
而裝作樂觀地說，
沒關係、沒關係，
只要還可以為他主動，
只要還可以為他繼續傾注心思，
即使他從不會對你有太多欣賞，
即使你的笑臉，已經失去了本來應有的光華。

但其實你不是不知道，
如此單方面主動下去、耗盡心思，
到最後也只是委屈了你自己；
這些道理你已經聽得太多，
但還是不想抽身離開，
還是會寄望，有天可能會出現奇蹟，
可能會一次掙回自己應該得到的回報。
只是，不是付出多少，
就可以得到多少回報，
所謂奇蹟，也不一定會發生在自己身上，
也許最後就只會讓自己失望更多，
然後心痛更多而已。
然而，你還是想繼續下去，
就算心痛，也是為了這個人而心痛，
就算凋萎，也是為了他而傾盡所有……

但其實你不是不知道，
自己值得擁有更多的愛護，
你的心思，
是應該好好守護你的善良與溫柔；
其實你是知道的，
只是偶爾會不小心忘記了，
也不記得，那一個自信又自由的你，
有多耀眼，有多吸引。

●只是，不是付出多少，就可以得到多少回報。

第 96 夜

沒有希望，就不會再失望；
但有些失望，卻是讓自己醒悟的痛。

有多少次，你跟自己說，
不要再想著去改變他，
不要再勉強自己去得到，
一些本來不屬於自己的東西。
不要再勉強自己相信，
他還會為你做些甚麼了，
不要再這樣下去，不要再委屈自己……

如果對他來說，
你真的重要，
他一定會在乎你的感受，
就算多微小，但如果重要，
他還是會好好放在心上……

以前，
你一直相信這一種道理，
一直都期望、有天他會為你做到；
但來到這天，從結果而言，

他甚麼都沒有記著，
他就只有離開得很遠很遠。
你再追近，
他還是會有各種理由拒絕你，
你再堅守，
他還是不會對你有任何同情，
更不會對你有一絲歉疚。

然後，最後，
從結果而言，你對他來說，
其實並不是真的那麼重要。

有時你會想，
自己是不是真的那麼一文不值。
如果從來沒有和他認識，
那麼如今、以後，
又是不是會沒那麼難過難堪……

你不想將責任，
都推卸到他的身上，
但曾經你從他的身上，
看到過太美好的未來，
因此你才一點一點地靠近他，對他有所期待。
最初，偶爾，
他也會回應你的期望，

對你溫柔，和你一起去完成一些事情，
只是這些回憶，
反而成為了今天讓你心痛的刺。
原來，曾經再怎麼溫柔熱切，
還是會變成今天的冷淡無情；
原來，再怎麼相信一個人，
對方還是可以突然劃清界線，
不要再與自己扯上半點關係……
原來，甚麼事情都會有完結的時間，
只是最美好的時光已經永遠過去了，
最難過的日子才剛剛開始……

原來，太大的希望會換來失望，
但即使失望，心底還是會藏著希冀，
仍是會奢想，有天會不會出現奇蹟，
有天終於苦到盡處，會不會否極泰來，
會不會再變回從前一樣……
但，你已經希冀了太多次，
失望了更多更多，
你明知道，再這樣下去，
再用更多的痛去挽回不存在的快樂，
也不會得到你想要的幸福，
也不會和他一起走向更好的未來；
其實他早已很清楚明確地告訴你，
這一個你未必願意接受的真相……

因為你知道，當真的承認，
自己其實從不重要，
一切有過的希望全數熄滅，
連失望的可能也不會再有，
真的要完結了，也真的要絕望了⋯⋯

那為何來到這天，
你還是會奢想，
他有天會再來找你，
他還會不會，突然想起你；
就像你會突然想起他，
突然會好想跑到他的面前，
然後說，可不可以和好如初，
然後，最後，
還是會得到不變的冷漠與蔑視⋯⋯

如果最後還是如此，只能如此，
那為何仍要想著去改變他，
勉強自己從他的身上、
去得到那些不屬於自己的東西；
為何還要再勉強自己相信，
他還會為你做些甚麼，
最後，反而讓你的自信與尊嚴，
變得更支離破碎⋯⋯

如果你的溫柔，

本來有更值得給予的對象，

那麼你的希望，

又何必要為這一個人繼續斷送，

讓自己在日後，承受更絕望的痛。

最後，更不懂得放過你自己。

第 97 夜

你已經很累了，但還是會想讓一切重來。

你已經很累了，
卻始終沒有想睡的意慾。

你知道要放手，
但還是藏著太深的喜歡。

你的喜歡再深，
對他來說也是微不足道。

你有多麼沉重，
也換不到他的一點在意。

你只想他安好，
但他只覺得你太過煩人。

你想任性一次，
就已經是極嚴重的冒犯。

你如果想放棄，
他會問你有過多少堅持。

你繼續去等待，
卻敵不過他的一再遠離。

你不想再打擾，
但他覺得你是別有用心。

你真的離開了，
他卻怪你沒對他說再見。

你可以不找他，
但不可以阻止他來找你。

你不忍心拒絕，
只是他不會顧慮你感受。

你裝不了冷漠，
然後又被當作未能死心。

你打算逃避他，
他無奈反問他做錯甚麼。

你不想再解釋，
他生氣你憑甚麼去生氣。

你想跟他和好，
但他最後選擇將你封鎖。

你再怎麼不忿，
也得不到他的一點後悔。

你就算想挽回，
也只會被宣判更多的錯。

你不想再記恨，
你卻記得有過多少卑微。

你安靜地走開，
他反而顯得更快樂自在。

你知道要夢醒，
然後嚐到了太多次失眠。

你不想再如此，
但還是會想讓一切重來。

● 你知道要放手，但還是藏著太深的喜歡。

第 98 夜

至少，我們會繼續守在對方的身邊。

累到盡頭，
需要的不是太遙遠的希望，
或更多的休息時間；
而是明天醒來，
可以放過自己，可以好好擁抱，
身邊仍然陪著自己的人。

即使，就只能陪著、看著。
知道你的痛苦，卻無法減輕你的沉重；
知道你的溫柔，卻未可接受你的擁抱……

然後依然陪伴著，看守著。
也許明天的我們，
還是會跟今天一樣的累；
過程中，也會累積各種傷痕，
就算再堅強、再純熟地假裝若無其事，
也不等於，我們會變得不再怕痛。

但至少，我們會繼續守在對方身邊。

然後，

完了，請你不要太過執著以前；

累了，請你不要再想得更多；

痛了，請你要再堅強一點；

苦了，請你要繼續相信，

有天定會苦盡甘來。

到時候，我們再一起笑著回味這些曾經，

好嗎？

● 明天醒來，好好擁抱，身邊仍然陪著自己的人。

第99夜

如果真的太累，
請為自己的心，找一個可以安頓的角落。

如果真的累了，
先不要去想，
怎樣才可以讓自己早點好起來。

留在自己可以感到安心的地方，
不用想太多、不用太勉強自己作決定，
好好守護自己的心，其實就已經很足夠。

有些疲累，不是需要更多的休息，
而是需要找回，往前走的決心而已。

有時候我們只是忘記了，
從前奮不顧身的那點勇氣；
有時候你就只是放不下，
一直撐到最後的那個自己。

也許，當一個人真的太累太累，
越是去想，越是會找不到復原的方法。

就算已經想過了多少個凌晨，
最後還是一個人迎接了下一次晨曦……

若是如此，倒不如，
找一個可以交心的人，陪伴自己頹廢，
找一個可以發呆的地方，盡情放空半天，
或許明天，會想到了新的方法，
或許之後，又會有新的煩惱，
又或許最後，這一切都會變成過眼雲煙……

或許，或許。

但在這一個晚上，
先不要太勉強自己、太責備自己，
慢慢來，不用太著急，
可以嗎？

晚安。

● 有些疲累，不是需要更多的休息，而是需要找回，往前走的決心而已。

第100夜

後來，我甚麼都沒有忘記。

後來，甚麼都沒有忘記，
就只是假裝看淡了一些事情，
假裝已經可以，放下了誰。

後來，沒有看淡了甚麼事情，
就只是將那一份思念，
變得很淡很淡，然後變得更加悠長。

後來，終於再記不起，
應該要怎麼做，
才可以將那誰徹底忘記。

後來，漸漸不會再說忘記。

只要不說，就不會再去記起；
只要不再見，也不必再去掩飾，
從來沒有忘記。

其實並不是想真的忘記，
只是不想又再想起誰，只會想著誰。

其實……
說忘記、或忘不了，
都是一個虛假的命題，
是用來掩飾，
自己的不捨得、不甘心；
也用來提醒自己，
要好好記住這一個不會再結伴同行的誰。

即使曾經，你們一起經歷過四季，
但你們也一同經歷過，由熟悉變陌生的過程。

最美好的，最難忘的，
最痛心的，最遺憾的，
都有著他的影子，只是也都過去了。
他不會再來找你，你也不會再找他，
不會好好地說再見，也不會再有任何交集，
這是你們最後的默契，也是最難以忘懷的痛。

他是你最熟悉的陌生人，
而你永遠都會是他的朋友，
一位不會再見面的朋友。

不會問候，若最後也不會得到回應；
不會再見，就讓思念變得更加悠長……

後來，你甚麼都沒有忘記。
這是你如今唯一堅持的任性。

但你不會告訴別人，
就只會留給自己知道。

就算再失意再淡然都好，也不要再讓他知道。

再深的夜，
你並不是只有自己一個人。

這是我的第十本書。

以前，對於第十本書，
會有很多不同的想像。
會想，有幸可以寫到第十本了，
應該是一個里程碑吧，
應該要跟之前的書，
有一點甚麼的不同吧，
應該要寫一本代表作吧，
應該別讓自己留有任何遺憾……

但有時候，希望做到的事情，
與最後實際會發生的，未必會相同。
然後在偏離的路上，
又會遇上一些未曾預想過的景色，或障礙。

《凌物語》這個名字，
最初本來只是臉書的一個 hashtag，
當時只是想寫一些，

在某些無眠的深夜或凌晨，
曾經有過的一些心情。
段落或長或短，卻未必適合用來寫書。
因為最初跟出版社討論的時候，
這本書可能是會有一點小說的性質，
描寫一些人在睡不著的時候，
所遇到的各種故事。
之後，大綱也想好了，
只是到應該開始去寫的時候，
自己卻沒有半點開始動筆的決心。
不是沒有靈感，而是實在沒有心情。

回看這一年來，自己似乎做到一些，
以前不敢想像能夠做到的事情。
只是可以做到，並不等於是自己最想做的；
很想做、或做得最好的，
卻又未必是別人都會喜歡，
甚至有時反而換來別人的冷淡或討厭。

其實有時也會想，是你自己想得太多了，
可能並沒有人對你有過太多的情緒，
也可能，別人根本就沒有在意過你半點。
你是應該要記著，
你有喜歡你、支持你的人，
你是應該為了他們的支持去努力，
而不是為了不理解你的人執迷太多。
嗯，道理是這樣，
但這半年來，還是有不少時候，
不想見朋友、不想回覆短訊，
每次看見「你好嗎」，就不知道再如何說下去。

然後，《凌物語》，
反而成為一個讓我可以繼續說話的缺口。
有時寫得太灰，有人會不喜歡，
但也收到不少人的來訊，
說很喜歡我寫的心情，
期待《凌物語》可以早日出版⋯⋯
有時你們簡單的一點想法或一句說話，

反而可以讓我觸動半天，
讓一個本來有點迷惘的人，
可以找到比較確實的方向。

如果說，寫作是我生命中其中一個重要的部分，
那麼第十本書也好、或是任何一本書都好，
應該也是包含著自己人生那個時期的想法與心情，
不一定要為了突破而突破，
不一定要為了第幾本書，
而給自己定下一個虛無的框架，
最後去成為一個自己不會喜歡的誰。
當然我也要繼續努力去寫得更好，
才可以不辜負大家繼續的支持。
只是這次，還是感謝大家看到這裡，
陪我走過這一百夜裡，曾經有過的各種心情。

之前曾經跟編輯說過，
散文集，可能在這一本之後，
暫時是不會再寫的了。

其實散文是不容易寫的，
有別於小說可以用劇情來推進，
如果對一件事情沒有太深刻的體會，
即使勉強去寫，也不會寫得太好。
寫了數年散文，自覺自己到了某個極限，
需要再去吸收更多，
才能描繪出更多不同的風光。
小說是會繼續寫下去的，
腦海裡有很多故事還是好想盡快完成；
只是散文集，或許是在一兩年後才會再出，
又或許是在數年之後，現在也說不準。

雖然我還是會在網絡上，
繼續分享各種想法與心情，
不過希望大家也能夠繼續陪我一起成長，
直到第二十本書、第三十本書⋯⋯

真的，在最初最初，
不能想像自己會寫到第十本書。

感謝一直有你們伴著我，
在我每次寫到覺得孤單的時候，
讓我知道自己並不是只有一個人。

沒有你們，我相信自己不能夠走到這裡；
因為有你，這一刻的鍵盤敲落，
這一頁的紙張翻起，
才會被賦予不一樣的意義。

謝謝你。

Middle ₁₁

國家圖書館出版品預行編目資料

凌物語：後來，我們都學會假裝不再在乎 /
Middle 著 . -- 臺北市：三采文化，
2018.01
　　面；　公分 . -- (愛寫；22)
ISBN 978-986-342-933-3（平裝）

855　　　　　　　　　106023158

suncolor
三采文化集團

愛寫 22

凌 物 語 ✳

後來，我們都學會假裝不再在乎

作者｜ Middle
副總編輯｜鄭微宣　　責任編輯｜劉汝雯
美術主編｜藍秀婷　　封面設計｜藍秀婷　　美術編輯｜ Claire Wei
行銷經理｜張育珊　　行銷企劃｜劉哲均

發行人｜張輝明　　總編輯｜曾雅青　　發行所｜三采文化股份有限公司
地址｜ 台北市內湖區瑞光路 513 巷 33 號 8 樓
傳訊｜ TEL:8797-1234　FAX:8797-1688　　網址｜ www.suncolor.com.tw
郵政劃撥｜帳號：14319060　　戶名：三采文化股份有限公司
初版發行｜ 2018 年 1 月 5 日　　定價｜ NT$330
　　9 刷｜ 2023 年 3 月 15 日